9/10/2024

MALDICIONES Y SUPERSTICIONES

en el mundo del deporte

Para Bruno, con cariño:
espero que a pesar de ser
un tema aparentemente banal
disfrutes con su lectura.
Gracias por tu apoyo.

[illegible]

Alfonso Trinidad

Alfonso Trinidad

MALDICIONES Y SUPERSTICIONES

en el mundo del deporte

EDITORIAL BASE

Colección Base Deportes
Primera edición: noviembre de 2024

EDITORIAL BASE
Calle Breda, 7-9 · 08029 Barcelona
www.editorialbase.com
Producción editorial:
Flor edicions, SL
Dirección:
Santi Sobrequés i Soriano
Coordinación:
David Aliaga
ISBN: 978-84-10043-43-5
Dipòsit legal: B 15830-2024
Impreso en Limpergraf

Para Jan Trinidad,
que la ilusión y la VIDA te llenen siempre.

ÍNDICE

Prólogo

Cuando has estado casi cuarenta años trabajando como reportero en distintos países de cuatro continentes te das cuenta de que algunas creencias son prácticamente, idénticas en las diferentes culturas, y te las encuentras allá donde vayas.

Este es el caso de dos constantes (supersticiones, si se prefiere) que he podido observar —y, en algún caso, describir en libros o reportajes— y que son comunes a todos los pueblos y culturas que he conocido.

Una sería, con sus peculiaridades en función de la región en la que nos encontremos, la creencia en los «no-muertos», es decir, en los seres que presuntamente regresan una vez fallecidos para interactuar (principalmente para dañar) a los vivos. En nuestro país esta creencia todavía existe si pensamos en los vampiros.

La otra, mucho más extendida —y temida—, es el tema de las maldiciones. Todos los países, culturas, épocas, e incluso puedo asegurar que también las distintas clases sociales, tienen entre su gente personas que creen, algunos incluso de forma obsesiva, en las maldiciones. Si preguntamos a nuestras amistades si creen en el efecto o la realidad de maldecir a alguien o a algo, sin duda la mayoría responderá que no y sonreirán con cierto sarcasmo y aire de superioridad intelectual. Pero la realidad es bien distinta. Por ejemplo, conocí a una persona de sólida formación académica y buena posición social que se declaraba totalmente escéptica e incluso crítica ante estas «supersticiones de vieja», como algunos las denominan peyorativamente. Pero tras un altercado en un mercado de Barcelona con una mujer de etnia gitana que la maldijo a gritos por no comprarle unos limones y ajos y por tratarla con cierto desprecio, esta misma persona pasó varios meses creyendo que todo lo malo que le sucedía, desde el pinchazo de una rueda de su automóvil hasta la pérdida de las llaves del piso, era causado por aquella maldición gitana. Tanto fue así que, finalmente, terminó comprándose un amuleto contra maldiciones —eso sí, de un metal caro y noble— que desde entonces siempre lleva encima.

Libros sobre maldiciones hay bastantes, de todo cariz y calidad. Desde trabajos muy buenos en los que el autor ha investigado a fondo posibles maldiciones, hasta simples copia y pega en los que se repiten machaconamente las típicas y tópicas maldiciones de siempre. El libro que tiene usted en sus manos es un laborioso trabajo de recopilación e investigación por parte de Alfonso Trinidad con una temática vinculada directamente al mundo de las maldiciones, pero con un añadido más novedoso: el papel que han jugado las maldiciones en el mundo del deporte.

Muy poco se ha publicado sobre este curioso binomio deporte-maldiciones, y no será por falta de casos al respecto, sino porque pocos investigadores —ninguno español— han decidido dejar a un lado las típicas maldiciones de siempre para adentrarse en el fascinante, y en muchos casos desconocido, mundo de las maldiciones en los deportes.

Si tras haber investigado y escrito bastante sobre este tema me preguntaran por una maldición vinculada al mundo del deporte, ahora mismo solo me vendría a la mente la que, supuestamente, sufrió el equipo de fútbol británico del Middlesbrough. El conjunto del nordeste de Inglaterra, en teoría, fue maldecido cuando para edificar su nuevo estadio, desalojó de malas maneras a los antiguos propietarios del terreno. Según se publicó en el *Daily Mirror* del 6 de octubre de 1997, estos lo maldijeron para que sus resultados fueran de mal en peor...

Muchos de los jugadores y de los responsables del equipo se obsesionaron tanto con la maldición y los pésimos resultados que decidieron contratar al célebre paragnosta —otros lo definen como un farsante—

Uri Geller para que hiciera algo que rompiera o anulara la maldición. Quizá fuese por simple casualidad, por una especie de efecto placebo entre los jugadores o por lo que cada uno quiera creer, pero lo cierto es que, tras hacer la contramaldición, el equipo se recuperó de sus malos resultados.

Otro caso relacionado con el mundo deportivo tuvo lugar en el famoso *rally* de automóviles históricos de Blandford. Después de que la organización expulsase de la competición a un «curioso» personaje por un tema sanitario, este los maldijo públicamente y, durante siete años seguidos, cada vez que se celebraba dicha competición, llovía de forma terrible y todo el circuito quedaba embarrado.

Ahora bien, que nadie piense que por maldecir, por ejemplo, al equipo de fútbol rival, este irá directamente a segunda y nuestro amado equipo ganará todos los títulos. Por encima de las maldiciones están el esfuerzo, los buenos resultados y los mejores deportistas; aunque, si empezamos a ver que los jugadores de nuestro equipo comienzan a romperse, a llenar la enfermería y a no dar pie con bola, quizá alguno piense que realmente detrás hay algo más que la mala suerte; puede que alguien, desde la grada o desde su casa, esté echando alguna maldición.

Dicho lo cual, podríamos casi asegurar que nadie ha recogido tantas maldiciones deportivas con Alfonso Trinidad que, en sus trabajos, siempre ha destacado por profundizar en sucesos de los que, por lo general y pese a ser temas ya conocidos, sabe sacar lo que otros autores han obviado.

A cualquier persona que tenga interés por el tema de las maldiciones, este libro le ayudará a conocer aspectos de este maldito tema en el que prácticamente se ha adentrado. Y como este es el trabajo del autor del libro y no del prologuista, demos ya paso al lector para que conozca este increíble mundo de las maldiciones que se han dado en el para muchos aséptico mundo deportivo.

Miguel G. Aracil

Durante la redacción de esta obra no he derramado sal o aceite sobre una mesa ni tampoco me he cruzado con gatos negros. No he pasado bajo una escalera ni me embarqué un viernes. Por añadidura, ni contraje matrimonio un martes día 13, ni he roto un espejo ni he abierto un paraguas bajo techo. Y tampoco he invertido en apuestas deportivas.

I
BUSCÁNDOLE LOS TRES PIES A LA SUPERSTICIÓN

Y, si le digo que son manías suyas,
igual le molesto;
y si le molesto, igual se va.

Tutto DURAN, «La canzione»

Como solía afirmar el escritor y periodista Mark Twain, «la fe consiste en creer en algo que la razón nos dicta positivamente que es imposible». Y es que en esa cita, contemplada desde su faceta de viajero por todos los rincones del planeta, quizás estuviese tomando nota de un fenómeno que desde la noche de los tiempos nos persigue y se repite por doquier: las supersticiones. Es decir, aquellas conductas que un colectivo considera que conviene esquivar para evitar así las consecuencias nefastas que se les asocian. No existe civilización del pasado que no prestase atención al tema, ofreciendo sus teorías al respecto, aparte de elaborar un listado de aquellas prácticas que —de acuerdo con su criterio— cabría considerar especialmente nocivas.

Las supersticiones se consideran una creencia ilusoria opuesta a toda lógica, pero quien se toma seriamente su existencia rechaza toda explicación racional y plausible. Ni el método científico, ni la certeza del análisis estadístico ni las pruebas empíricas lo harán desistir de su decisión y encontrará en la magia y en lo sobrenatural la respuesta a su necesidad de obrar o actuar frente a sucesos, fenómenos o procesos que, casi siempre, guardan relación con la buena o mala fortuna. «Esto no es verdad, pero me lo creo», como dijo tiempo atrás el conocido cómico italiano Antonio di Curtis, alias Totó.

Para los psicólogos, el concepto «superstición» supone una derivación del conocimiento en su sentido más académico.[1] O bien procede de una falsa premisa o, sencillamente, se origina a partir de una creencia infundada que disfrazamos de realidad.

El filósofo de origen austriaco Ludwig Wittgenstein (1889-1951) resumía el concepto como la firme confianza en *la causalidad* experimentada por un sujeto.[2] Cuando sucede un fenómeno A, el pensamiento espera que acto seguido también suceda un fenómeno B sin pensar en una posible relación con un fenómeno C que resulta la clave para resolver el fenómeno A. Es decir: quien crea que A deriva hacia B, prescindiendo de que C forma parte de la ecuación, considerará que la superstición es una relación entre causa-efecto, prescindiendo de otros elementos que sí podrían afectarla, lo cual genera un círculo vicioso. Al seguir este esquema de razonamiento se pierden de vista los aspectos secundarios que complementan a aquella situación concreta y aportan su explicación racional. Es decir, la observación y el análisis pasan a un segundo plano favoreciendo conclusiones más emocionales basadas en el miedo o, valga la redundancia, en la superstición.

A título de ejemplo, imaginemos la consabida escalera desplegada junto a la pared de una calle estrecha. Nuestros temores atávicos provocarán con absoluto convencimiento que nos apartemos de manera instintiva (el fenómeno A) ante la fundada posibilidad de que algo nos caiga encima si pasamos justo por debajo (el fenómeno B). Y lo haremos sin examinar la parte superior en busca de pintura, herramientas o similares que pudieran desplomarse por accidente (el fenómeno C), algo que también nos podría permitir advertir su ausencia y tranquilizarnos, haciendo que seamos capaces de decidir más cabalmente qué ruta seguir. Claro que dentro de la casuística del fenómeno C olvidamos que igual la pared está recién pintada, e

1. SCHMITT, Jean-Claude, *Historia de la superstición*, Editorial Crítica, Barcelona, 1992.
2. WITTGENSTEIN, Ludwig, *Tractatus Logico-filosoficus*, Alianza Ed., Madrid, 1981.

incluso podría suceder que la propia escalera se derrumbara a nuestro paso. Da igual, prescindimos de toda lógica permitiendo que los temores atávicos dominen la situación, aunque nada lo justifique.

Tales alternativas obedecen al interrogante que, inconscientemente, nos formulamos: ¿y si sucediera algún incidente mientras camino? Nada malo debería sucedernos, desde luego, en caso de ir con cuidado. Pero esa coletilla de «¿y si a lo peor...?» nos perseguirá de manera inconsciente mientras permanezcamos plantados sin tomar una decisión. O más adelante si aparece un nuevo obstáculo en nuestro camino. Ahí es donde entraría en juego la superstición, aunque ignoremos su procedencia.

Desde tal perspectiva, las ciencias sociales definen su presencia para justificar nuestras actitudes más irracionales (miedos, manías, etc.), y, ya puestos, hacen que nos sintamos menos frágiles frente a los misterios que pueblan nuestras vidas.[3] La superstición, en su faceta más amplia, mezcla lo profano con lo divino para afrontar situaciones concretas del quehacer diario, prescindiendo de factores abstractos o metafísicos. A eso último, sin embargo, ya se encargaría la religión de darle forma en primer lugar, y mucho más tarde la filosofía.

Actitudes de mal agüero

A día de hoy, todavía queda por establecer el instante exacto en que la humanidad apostó por volverse supersticiosa. «Es como una actitud casi innata, el encuentro con una fórmula mágica capaz de protegernos de cuanto permanezca fuera de nuestro control», sentenciaba en una alocución radiofónica la humanista y antropóloga mexicana Elisa Queijeiro. «A otro nivel, sería cómo evitar el mal procedente del exterior, o cómo protegerse para que las cosas nos vayan bien».[4]

En tanto un convenio aceptado, se considera que las supersticiones aparecieron durante el periodo Neolítico. Las pinturas rupestres en las

3. Centini, Massimo, *El libro de las* supersticiones, De Vecchi Ediciones, Madrid, 2018.

4. Disponible en: https://wradio.com.mx/programa/2017/01/14/martha_debayle/1484350353_025609.html

cuevas, escenificando cacerías, danzas diversas y encuentros por igual, no solo dejaban constancia de eventos sucedidos por miembros de una tribu, sino que también servían de advertencia o recordatorio ante posibles riesgos, aparte de asegurar un estado de ánimo propicio, sea para una cacería, sea para guerrear contra otra tribu rival.

La enseñanza de tal o cual suceso, a falta de una explicación coherente, pasaba de generación en generación hasta conformar lo que hoy se conoce como «imaginario popular». La mera noción del concepto «entierro ceremonial» basta como botón de muestra, ya que aportaría algunas pistas sobre los derroteros por los que la superstición viene deambulando: el temor hacia otra vida inmaterial, en la cual el difunto pasa a formar parte de una larga cadena de antepasados, tras sufrir una muerte producida por una causa cualquiera. La propia vejez estaba aún por comprenderse debidamente.

Por supuesto, también podía suceder que dicho óbito se diese antes de tiempo. Entonces, era lógico preguntarse a qué era debido. Ignorantes de cualquier conocimiento médico o anatómico, la mentalidad vigente analizaba aquella realidad con las herramientas y razonamientos disponibles. La superstición les sirvió a aquellas sociedades para concretar un posible origen de aquel mal, el desequilibrio entre fuerzas desconocidas a menudo incontrolables. Cuando ese desajuste se producía, se le achacaba a un agente malévolo que las inducía, admitiendo así la propia impotencia del ser humano a la hora de repelerlas.[5]

Pero aquellos razonamientos también servían para llegar a concluir intuitivamente que ciertas prácticas, repetidas invariablemente, permitirían evitar ciertas consecuencias negativas. Ya hemos visto el ejemplo de la escalera: aunque tal vez hayamos olvidado el factor que lo determina y nos quedemos solo con la creencia etérea de que pasar bajo una escalera nos traerá desgracias, y lo cierto es que consideramos más seguro evitarlo que exponernos a que se nos pueda caer algo o alguien encima.

De hecho, lo que podía sucederle a alguien que hiciese caso omiso a esas conclusiones era que el fenómeno negativo se repitiese.

5. TROTCCHI, Gatto, *De la magia*, Mass Market Paperback, Nueva York, 1994.

Así fue como, para contrarrestar tanto los temores como los peligros, así como la incapacidad del ser humano para poner nombre a aquellos obstáculos, se originaron lo que hoy —cuando ya conocemos o hemos teorizado sobre una explicación de corte racional— llamamos «supersticiones». Supersticiones que siguen siendo un factor en los comportamientos sociales y que tienen una influencia diaria en ocasiones superior a la fría lógica.

Y más, claro, en el pasado. Tanto daba que las referidas emociones fuesen contrapuestas si en el día a día la incertidumbre y el temor predominaban. Máxime si se sumaban todo tipo de calamidades. En la mente del supersticioso, la relación causa-efecto queda condicionada por reglas arbitrarias, ajenas al raciocinio, pero relacionadas con un enfoque sobrenatural, de obtusa comprensión. Conforme la sociedad aumentaba su propia complejidad, hasta devenir las primeras civilizaciones, el término acabó adquiriendo un carácter más personal, pero también más inextricable.

Ahora bien, para analizar metódicamente el tema, diseccionando sus distintos componentes, cabría esperar hasta el apogeo del Imperio romano, a fin de establecer el *modus operandi* de la superstición. En Egipto, o en la mítica Babilonia, era un asunto basado en la magia o los demonios. Para los sabios latinos, herederos de la tradición griega socrática o aristotélica, cabría enfocarla desde un prisma más científico, y en tal dirección fueron los primeros en estudiar sus orígenes. E incluso le pusieron el nombre con la cual es conocida hoy.

Así, el término '*superstitio*' (de '*súper*' o «por encima de», y '*stirio*' o «mantenerse en pie») hacía referencia directa a la supervivencia frente a las circunstancias adversas. Pero, además, también se refería a calificar una situación o estado que se consideraba demasiado bueno para ser cierto. En tal acepción, la propia literatura añadía epítetos —'*turpis*' o «fea», «insana», etc.— para precisar mejor a qué tipo de circunstancia venía referida. En absoluto se la consideraba innoble o chusca, sino una llamada de atención ante un riesgo potencial, una cuestión de *super*vivencia.

ACOTACIONES SUPERSTICIOSAS

Para la cultura helenista, y por extensión para la latina, el término guardaba ya una estrecha correspondencia con la religión. El mítico poeta y literato griego Homero (s. VII a. C. aprox.) consideraba la superstición una actitud o postura errada hacia las deidades, basada en el aborrecimiento de las mismas por mor de su caprichoso comportamiento o, en su defecto, por el temor que suscitaban.

Aristóteles (384-322 a. C.) concedía una especial importancia al respeto que las autoridades debían imponer para con las diferentes deidades y sus peculiares decisiones. «En lo concerniente a los dioses, al gobernante le conviene siempre mostrar una especial diligencia para con ellos, y que eso lo aperciba el ciudadano», escribió en su obra *De la política*,[6] «pues ante ellos, entonces, el gobernante parece reverente y el ciudadano no se rebela». Si la superstición se consideraba un capricho divino, el líder nada debía dictar a favor o en contra suyo. Tan solo rogar para que los augurios fuesen propicios.

Mucho más pragmático y realista, Marco Tulio Cicerón (106-43 a. C.) entendía por «superstición» aquella credulidad opuesta a la búsqueda de un conocimiento sólido de las cosas. Obrando de esa manera, añadía, se la dejaba en manos de los dioses, pues por algún motivo obrarían así. «Consideraré supersticioso a quien rece u ofrezca sacrificios todos los días para que sus hijos les sobrevivan», exponía el célebre jurista.[7]

Tan célebre jurista y filósofo, sin embargo, se vio refutado pocas décadas después por las ideas de otros pensadores. Quizás el más crítico de todos ellos fue el griego latinizado Plutarco (50-¿120? d. C.), un literato cuyos biógrafos describen como viajero incansable de espíritu impetuoso, aunque con fundados conocimientos sobre este tema.[8] No en vano, ejerció durante muchos años como sacerdote de Apolo en el Oráculo de Delfos, responsabilizándose de interpretar los vaticinios de sus pitonisas.

6. ARISTÓTELES, *La política*, Editorial Iberia, Barcelona, 1954.

7. CICERÓN, *De natura deorum* (II,72), Editorial Latomus, Bruselas, 1978.

8. FERNÁNDEZ DELGADO, J. A. y PORDOMINGO PARDO, Fca. (eds.), *Estudios sobre Plutarco. Aspectos formales de la obra de Plutarco*, Ediciones Clásicas, Salamanca, 1996.

En su vertiente de pensador y moralista, Plutarco atacaba la cuestión distinguiendo fundamentalmente entre ateos y supersticiosos: los primeros negarían la existencia de la divinidad, exponía, justo lo contrario que los segundos, aunque achacándoles a los dioses la gestación de las calamidades y desgracias que recaen sobre ellos. La crítica a ambas posturas acabó plasmándose en varias de sus obras, aunque ninguna de ellas alcanzó tanta repercusión como su tratado *De Supersticione*.

A lo largo del capítulo II del citado trabajo, concentra sus razonamientos en catorce puntos comparativos. El ateísmo, por su falta de fe, acarrea una especie de insensibilidad inflexible para con la divinidad, haciendo que no la tema. La superstición, en cambio, supone una opinión emocional que humilla y desalienta al hombre temeroso de los dioses, por considerarlos adversos y funestos. El origen del problema estriba, pues, en la propia ignorancia. El ateo, por rechazar la fe en ellos; el supersticioso, por creer que son dañinos.

Por consiguiente, nos asegura Plutarco, el ateísmo constituye en bruto una falsa premisa, mientras que la superstición emana de las suposiciones que se desprenden de dicha premisa falsa. «Toda pasión incontrolada obnubila la razón y perturba al alma, y ello implica que suframos de terror o espanto. El peor sin duda es la superstición, que nos hace temer por todo en cualquier momento y lugar, incluso durante el sueño, al considerarse un mensaje de los dioses. El supersticioso vive en constante sobresalto», dejó escrito.[9]

La conclusión final consistiría en que debemos huir de la superstición, el mayor de los males. No obstante, cabía hacerlo con inteligencia y sensatez, sin precipitarse en el abismo que implicaba el ateísmo. Y no solo eso. En varias de sus obras, Plutarco daba cuenta también de las consecuencias que ocasionan dejarse llevar por sus efectos, en particular las biografías que escribió acerca de los grandes personajes de la historia. Póngase por caso Alejandro Magno, de quien nos advierte de su suerte final tras caer en las supersticiones: «Cuando el Gran Conquistador alcanza Babilonia, se le mostraron un cúmulo de prodigios: bandadas de cuervos combatiéndose entre sí, el hígado pri-

9. PLUTARCO, *Vidas paralelas*, Editorial Salvat, Pamplona, 1972.

vado de un lóbulo de una víctima sacrificial, un asno que mató de una coz a un león gigantesco [...] Alejandro cayó víctima de los temores religiosos quedando con la mente perturbada y espantada, lo que le llevó a la tumba. Ved cuán abominable es la incredulidad y menosprecio por las cosas divinas, como también lo es la superstición, llenando de miedo e incertidumbre el ánimo».[10]

AGORERO MEDIEVO

No deja de sorprender un tanto que, siglos después, algunos de los próceres de la iglesia católica adoptaran en parte aquellos argumentos. De ese modo, Isidoro de Sevilla (556-636) veía en el término una expresión de la voluntad de trascender y perpetuarse a través de la realización constante de rituales, así como el deseo de proteger a la propia descendencia.[11] Conforme el cristianismo se abría paso en Roma, sin embargo, la postura descrita derivó hacia derroteros más mesiánicos.

Hacia el siglo III, el filósofo Lactancio asestó la puntilla final a las ideas de Cicerón. La etimología de *'superstitio'* venía a enfrentar la «verdadera» religión —para él, el cristianismo— contra el paganismo y los cultos rivales. Ahora bien, la palabra quería expresar además la idolatría y la adoración malsana a entidades ajenas a la figura divina del Padre y demás manifestaciones comúnmente aceptadas. Por añadidura, repercutía además en la adoración fanática de los muertos: «Los supersticiosos no son aquellos que esperan que sus hijos sobrevivan —eso lo esperamos todos—, sino quienes veneran la memoria de los difuntos para que sobrevivan ellos o incluso aquellos que mediante imágenes de sus padres rinden culto como lo hacen con sus dioses penates», apuntaba.[12]

De esa forma, el supersticioso pasaba a convertirse en un enemigo de la incipiente religión cristiana su figura englobaba la vene-

10. PLUTARCO, *op cit.*
11. DE SEVILLA, Isidoro, *Etimologías* (X, 244), Biblioteca de autores cristianos, Madrid, 2004.
12. LACTANCIO, *Institucione Divinae,* Editorial Gredos, Barcelona, 1990.

ración a criaturas fantásticas, ídolos, demonios, animales, plantas, astros y objetos.[13] Fue Agustín de Hipona quien, con mayor intensidad, contribuyó a fijar esta nueva definición del término, convencido de que aquellas prácticas eran «supervivencias» de la idolatría pagana original aún por exterminar; se consideraba supersticioso cuanto hacían los hombres para crear efigies y venerarlas.[14] Mantenía la postura de que sería «supersticioso quien, rindiéndole culto a una criatura —o parte de la misma— como si del mismísimo Dios se tratara, consultase además a demonios y sellar pactos o acuerdos con ellos».

Tiempo después, el teólogo Tomás de Aquino readaptó el concepto, proporcionándole una forma que todavía hoy se toma como válida, y que podría resumirse en dos acepciones fundamentales. La primera, que cualquier creencia sobrenatural externa al dogma católico puede calificarse de superstición. Y que, quien las sigue, es un hereje. En segundo lugar, cualquier tipo de superstición quedaba enmarcada dentro de la categoría de las relaciones demoníacas. Para el afectado, incluso la menor señal que afectase a su organismo (un estornudo, un temblor súbito) formaba parte de los mensajes en clave que el maligno era capaz de enviar a sus fieles. A grandes rasgos, Tomás de Aquino dictaminó que la superstición era, en definitiva, «un vicio opuesto por exceso a la religión, no para glorificar al señor, sino para rendir honores divinos a quienes no lo merecen».[15]

La impresión del caos y desorden contra la doctrina oficial motivaron la persecución del supersticioso, pues se creía que atentaba contra la ortodoxia eclesiástica. El inquisidor P. Le Brun lo tenía clarísimo: «El conocimiento que tenemos de Dios, explicado en el primer mandamiento, nos muestra que el culto es debido a Dios solo, siempre y a todas horas; y lo que no se refiere a Dios es culto reprehensible, no es arreglado. Y se llama, en una palabra, superstición».[16]

13. SCHMITT, Jean-Claude, *op. cit.*

14. DE HIPONA, Agustín, *Obras completas de San Agustín, De doctrinae Christiana*, Biblioteca de autores cristianos, Madrid, 1998.

15. DE AQUINO, Tomás, *Summa Teologica*, Biblioteca de autores cristianos, Madrid, 1959.

16. LE BRUN, Pierre, *Historia crítica de las supersticiones*, Imprenta del Hospital General, Madrid, 1745.

«*¡Superstitio verae pietatis falsa imitatrix est!*»,[17] clamaban los participantes en Roma del Congreso Tridentino (1545-63), a propósito del tema. Una noción tan peregrina se extendió rápidamente, hasta el extremo que la propia Inquisición poseía un exhaustivo catálogo de rarezas y excentricidades varias, a las que fueron añadiendo las pseudociencias: cartomancia, adivinación, sanación con hierbas, etc. Un conjunto de ideas que, confinadas en su contexto territorial, poco o nulo daño podían ejercer.

Lástima que, sin pretenderlo, opúsculos inquisitoriales del tipo *Malleus Maleficorum* o los *Manualle* de Nicolau d'Aymerich las divulgaron por doquier, en busca de una herejía que resultó inexistente en la inmensa mayoría de ocasiones. Pero dado que cuestionar en público el dictamen del inquisidor suponía una visita obligada al tribunal del Santo Oficio, las elucubraciones infundadas dictaminando a qué llamar o no superstición se impusieron hasta enquistarse profundamente en el otrora aludido imaginario popular. Tanto que el propio *Diccionario* de la Real Academia Española la define en la actualidad como «una creencia extraña a la fe religiosa y contraria a la razón».[18]

El clérigo Jacinto de la Serna (1597-1665), destacado en tierras mexicanas, quiso advertir a sus superiores mediante un ensayo al uso[19] acerca de la falsa aceptación por parte de la población autóctona de la fe católica, ya que las llamadas (según la nueva definición que hemos visto) «supersticiones locales» se habían amalgamado con las importadas desde la Península, degenerando en un sincretismo indeseable.

Sobre el particular, fray Jacinto denunciaba: «Y esto lo hacen a veces por su mala inclinación, y a veces por la tradición que observaban de sus antepasados. A veces, porque les enseñaban sus falsos médicos —léase «chamanes» o «curanderos»— y demás embusteros tribales a quienes dan tanto crédito. Los cuales les enseñaban cosas tan varias, y tantas, que apenas se sabe por dónde enlazan sus mentiras y procuran mezclarlas con las verdades de nuestra santa fe».

17. «La superstición es una falsa imitación de la verdadera piedad», en latín.

18. *Diccionario de la lengua española*, RAE, Madrid, 1971.

19. DE LA SERNA, Jacinto, *Tratado de las supersticiones, idolatrías, hechicerías y otras costumbres gentílicas de las razas aborígenes de México*, Biblioteca Virtual, Universidad de México, 2003.

Mayor pesar le ocasionaba que, en lugar de acogerse a la fe cristiana, recurrieran a su propia tradición a la hora de enfrentarse a los males generados por enfermedades o por dar a luz un nuevo retoño. «Sabed, pues, que cuando las mujeres están de parto, (los falsos médicos) las refuerzan y animan diciendo: no te aflijas, hija mía, esfuérzate que aquí está el Padre y la Madre, confía en ellos. Llaman al fuego padre y madre, y sostienen que acudirá en su consuelo. Así viven, tan seguros en sus tinieblas como si vivieran en la luz».

SUPERSTICIONES PARA AYER, HOY Y... ¿MAÑANA?

Religión no es superstición, pero cultiva el autoengaño, mantenía el ya citado Wittgenstein. «Quien pretenda hacernos creer que la religión parece racional, no entendió su significado. Aceptémosla como es: pura e irracional locura», advertía en sus escritos. Aunque la superstición evolucionó durante la etapa grecorromana, el estamento eclesiástico fue quien le proporcionó el espaldarazo definitivo, hasta tal punto que el desarrollo de la ciencia o la influencia intelectual de la Ilustración en nada han contribuido para erradicarla. De hecho, sigue ahí afuera, acechando al incauto.

«Admitamos que actualmente muchas personas siguen poniendo su fe en fuerzas mágicas», sentenciaba el psicólogo norteamericano Stuart Vyse. «Y, encima, es falso que la superstición corresponda a personas sin formación cultural. Los mismos filósofos son supersticiosos».[20] En resumen, proclama que como mejor podemos comprender el universo es a través de la ciencia y no desde la religión. Con todo, a pesar de todo lo que han avanzado la física cuántica o la biología molecular, su relación causa-efecto (¿habrá algo encima de la escalera?) sigue condicionada a unas reglas ajenas al mundo lógico en favor de lo sobrenatural.

La superstición representa un fenómeno de múltiples caras donde confluyen tensiones y temores de índole muy diversa. La ciencia aporta una certeza relativa de las cosas, pero suele tropezar con el

20. VYSE, Stuart, *Breve historia de la superstición*, Alianza Ed., Madrid, 2022.

mero azar o casualidad. Y es allí, en esa zona tan tenue e intangible, donde las respuestas brillan por su ausencia. De ahí viene que, para valorar la superstición en su justa medida, sea precisa una reflexión sobre el contexto en que se manifiesta sin perder de vista sus características de generación.[21]

Desde un prisma crítico, la superstición viene caracterizada por tres elementos fundamentales:[22]

1. La noción de que una acción determinada traerá una suerte adversa.
2. La seguridad de que al cumplir un ritual concreto se evitará dicha suerte adversa aportando los resultados oportunos.
3. La interpretación de los signos, señales o augurios para establecer qué tipos de efectos —negativos o positivos— se producirán.

Los dos primeros apartados mantienen, dentro de lo que cabe, una cierta lógica. El problema radica en el tercero, donde establecer aquellos parámetros que activan el fenómeno se convierte en la pesadilla de las ciencias sociales. «Los aspectos mutables de la naturaleza le han sugerido al hombre los posibles cambios que provocarían en su vida», nos sugiere T. S. Knowlson, un experto en la cuestión que vivió en el siglo XIX. «Con lo cual hay una infinidad tal de señales de algo que anuncie el bien o el mal —generalmente un mal— que nos da una idea del miedo universal del hombre ante las fuerzas que le rodean».[23]

El vuelo errático de un gorrión, una culebra que se cruza en nuestro camino, una ventana que súbitamente se abre por la noche... En su mayoría, las supersticiones subsisten porque ignoramos los verdaderos orígenes de un fenómeno o, en su defecto, porque nuestros conocimientos son limitadísimos. El desarrollo científico ha contribuido mucho a deshacernos de falsos miedos, pero los temores perduran, y perdurarán. Es algo arraigado en lo más profundo de nuestra psique que la ciencia se ve incapaz de extraer por completo.

«Nos consagramos hacia un culto que venera lo anticientífico, desconfiando de los laboratorios pero aceptando la naturaleza». Una

21. Ortiz, Alberto, *Tratado de la superstición occidental*, Universidad de Zacatecas, México, 2009.
22. Centini, Massimo, *op. cit.*
23. Knowlson, T. S., *Superstición y costumbres populares*, Ed. Actualizada, Me Ediciones, Madrid, 1997.

valoración de la realidad presente ante la que el piloto y divulgador José Antonio Silva[24] se preguntaba: «¿Cuál sería la causa? La ciencia desprecia al hombre, deshumanizándolo». En un cosmos poblado de ecuaciones, fórmulas, estadísticas y teorías incomprensibles para el lego, la complejidad técnica impide entender su dinámica, refugiándonos en la sencillez de lo ancestral y las supersticiones que conlleva.

Atrapados entre la espada de la ciencia y la pared de la tradición, ¿qué opciones quedarían? «Quitarse de encima los prejuicios de la superstición es lo más difícil que hay en el mundo: los hemos mamado como si se tratase de leche materna, y al crecer junto a nosotros... se entrelazan hasta tal punto con nuestro modo de ser que se necesita un esfuerzo sobrehumano para desvincularse de los mismos», sentenciaba el pastor y naturalista Gilbert White[25] (1720-1793).

Y ahí permanecerán hasta el final de los tiempos, pero antes, por si acaso, examinemos qué nos indica nuestro horóscopo para hoy.

SUPERSTICIONES PARA TODOS LOS GUSTOS

Catalogar el vasto universo conformado por la superstición y sus innumerables variantes resultaría una cosa baladí. De entrada, porque cada rama de las ciencias sociales enfoca su clasificación desde su perspectiva propia dejando de lado otros enfoques. Al mismo tiempo, la bibliografía existente hasta la actualidad describiendo al detalle las modalidades más conocidas dificulta la mención de otras procedentes del pasado.

Cada cultura, cada civilización, mantenía su propia manera de pensar al respecto. Por ejemplo, la aversión de los habitantes del Japón medieval al vello capilar remitía a que su presencia hacía asemejar al hombre —o la mujer— a los animales salvajes del bosque. De ahí vino que en aquella sociedad se contemplara despreciativamente y con aversión a quien descuidara su apariencia facial, al tiempo que su mitología mostraba a las entidades malignas barbudas e hirsutas en

24. Silva, J. A., *Mística y misterio del fenómeno OVNI*, Ed. Gotelo Blanco, Santiago de Compostela, 1987.

25. White, G., *Natural History and Antiquities of Selborne*, Cassell & Company, Londres, 1887.

exceso. Al contrario, en la Castilla del medievo corría el refrán aquel de «el hombre y el oso, cuanto más peludo y feo, más hermoso».

Enumerar en orden alfabético cada superstición supondría el recurso más socorrido para dar noticia de su existencia a los lectores, pero el objeto del presente libro es explorar tanto las supersticiones como las maldiciones en un ámbito muy concreto, en este caso, el mundo deportivo. De todas maneras, y con la intención de no dejar un mal sabor de boca en los lectores, nos permitimos concluir este primer capítulo con una breve relación de la superstición según su tipología o categoría típica en ambientes académicos:

Aquellas que generan desgracias propias y ajenas:

- Devolver una servilleta usada al servilletero cuando acaba la comida conlleva la pérdida de amistades.
- Derramar sal en la mesa implica perder dinero.
- Colocar al revés un pan en la mesa provocará que las cosas de la vida se tuerzan.
- Limpiar la mesa con papel de cocina tras un ágape, en lugar de con tela, también implica pérdidas económicas (se supone que es un desprecio al papel moneda).
- Que a un banquete acudan trece personas (recordatorio de La Última Cena de Jesucristo).
- Levantarse de la cama con el pie izquierdo (se relaciona con la zurdería).
- Cortarse las uñas un día que contenga la letra erre (martes, miércoles, viernes).
- Abrir un paraguas dentro de una casa (porque alguien podía sufrir lesiones en la cara).
- Dejar unas tijeras abiertas en la mesa (corta todo lo bueno).
- Que el novio vea a la novia vestida antes de la ceremonia matrimonial (por si el «panorama» no le acaba de convencer y decide esfumarse).

Aquellas que nos resultan útiles contra la mala suerte y la desdicha:

- Echar un puñado de sal por encima del hombro derecho (aleja a las malas presencias).

- Echar sal a un plato con vinagre y depositarlo debajo de la cama.
- Colocar pendientes hechos con ramas de enebro a las ovejas (solo en Aragón).
- Colocar estampas de santos en toda la casa.
- Añadido a la anterior, encender una vela blanca junto a la estampa del santo en cuestión pidiendo protección.
- Colocar una cebolla debajo de la mesa del banquete.
- Llevar encima un trébol de cuatro hojas.
- Colocar una cinta roja a los recién nacidos o en el abdomen de la mujer embarazada.
- Recibir la bendición paterna al casarse.
- Usar la ropa interior al revés (al parecer, «revierte» la mala influencia de brujas y magos).
- Pisar en plena calle las deposiciones de los animales.

Aquellas que aportan buena suerte:

- Colocar una herradura en la puerta de la entrada.
- Proveerse de minerales y guardárselos en los bolsillos.
- *Idem* en cuanto a la pata de conejo.
- Que el número siete se nos aparezca una y otra vez.
- Colocar dos alfileres bajo el felpudo de la puerta (atraen la prosperidad).
- Pegar una moneda en el techo (hasta allí llegará nuestra riqueza).
- Acaparar calendarios del próximo año (a más calendarios, más prosperidad).

Aquellas que nos vaticinan el futuro:

- Dormir en una cama cuyos pies den a la calle es señal de que alguien fallecerá pronto.
- Si un moribundo fallece con los ojos abiertos es señal de que a otro pariente de la familia le sucederá lo mismo.
- Nunca echar las cáscaras de los huevos al fuego; se corre el riesgo de que las gallinas dejen de ponerlos.
- Aquella mujer que siga el vuelo de una mariquita encontrará al hombre ideal.
- Una mariposa de color blancuzco que revoletea alrededor de una persona es señal de buenas noticias, pero si es negra significa todo lo contrario.

- Si una persona se pone una pieza de ropa al revés es señal de que le sucederá un imprevisto.
- Si una persona sueña con toros, le tocará la lotería (a condición de que antes haya comprado un boleto).
- Si una persona sueña con los parientes muertos, recibirá noticias o bien se reunirá con sus familiares vivos.

SUPERSTICIOSOS COMPETIDORES

En un ambiente tan inseguro como es el del deporte, en el que hay tantísimo en juego, en el que sus actores ponen tanto esfuerzo e ilusiones... y, para colmo, en el que el éxito depende de múltiples factores externos, para nada debería extrañar que la superstición llegue a jugar un papel tan importante. Ganar es una cuestión de orgullo, la recompensa al duro trabajo de una temporada o de un ciclo olímpico, pero también puede entrañar un mejor contrato, nuevos patrocinadores, estabilidad... Ante una situación de presión por vencer, el deportista puede llegar a actuar de acuerdo a una costumbre impuesta, a sus propias inquietudes o a la creencia de que tal o cual cosa funcionará. Puede que contemplado desde fuera parezca asombroso, incomprensible o incluso ridículo, pero, como ya hemos visto, en ocasiones el ser humano responde a determinadas situaciones de acuerdo a su fe o al acervo cultural, sin atender a la lógica de las causas y las consecuencias racionales.

Si nos asomásemos a un vestuario o a un campo de entrenamiento, bastaría con prestar un poco de atención o mantener el oído atento para detectar algunas de esas conductas supersticiosas que, a menudo, tienen que ver con amuletos, el color de una prenda de ropa, con rituales que tienen que hacerse antes de comenzar un partido... Comportamientos o manías que, además, son profundamente democráticos, ya que las encontraríamos tanto en deportistas de élite como en aficionados. Si echamos un vistazo a la historia del fútbol, del baloncesto, del boxeo... del deporte que se prefiera, descubriremos que han sido supersticiosas desde grandes estrellas, como Tiger Woods o Michael Jordan, hasta los tipos que ya solo juegan partidos de solteros contra casados. Veamos algunas de las más interesantes.

Amuletos

Los deportistas han usado amuletos de mil formas y colores. Como veremos, algunos son de lo más pintoresco. Claro que también pueden ser algo tan mundano como una pieza de Lego que les hayan entregado sus propios hijos o un objeto que tenga un valor simbólico para la familia.

Un caso que suele mencionarse cuando se habla de amuletos en el deporte suele ser el del célebre amuleto del calvo. ¿En qué consiste ese amuleto? En algo tan prosaico como la calva de un compañero de equipo. La superstición en este caso consiste en besar a un compañero con alopecia en el cráneo. Y, además, este hábito ha trascendido también a la vida diaria, ya que todos hemos escuchado que «frotar» un billete de lotería en una calva o en una coronilla poco poblada trae buena fortuna.

En el ámbito futbolístico, esta superstición arrancó hace unos años cuando Laurent Blanc, futbolista que militó, entre otros equipos, en el FC Barcelona o en el Paris Saint-Germain, le proporcionó un ósculo afectuoso a la rapada cabeza del portero Fabien Barthez para obtener un poco de suerte. El partido acabó bien, y así esta práctica se convirtió en un ritual imprescindible entre ambos jugadores antes de disputar sus encuentros con la zamarra de la selección francesa.

Otro jugador de fútbol con amuleto fue el célebre portero Ricardo Zamora. El cancerbero que da nombre al trofeo del meta menos goleado en la liga española tenía un muñeco de trapo que se parecía a él y que colocaba siempre dentro de la portería que le tocase defender. Algunos historiadores del deporte aseguran que solía jugar más nervioso si se olvidaba de llevar consigo el talismán de trapo.

Un amuleto bien estrambótico es el que adoptó el jugador de béisbol Wade Boggs. Este tercera base que conquistó las Series Mundiales de 1996 con los Yankees consideraba el pollo frito como su talismán de la fortuna. Apodado el Comepollos o el Hombre Pollo, siempre ingería una buena ración de carne de esta ave antes de acudir a un partido. Conocido por los aficionados a este deporte por ser uno de los jugadores más supersticiosos de su historia, el día en que fue inducido en el Hall of Fame de la liga norteamericana no pudo evitar alegar en su discurso: «Tengo algunas supersticiones, sí, y, créanme, funcionan». Ganó una liga y fue varias temporadas el mejor bateador del país... ¿sería verdad?

Colores

Por sí mismo, el mundo de los colores configura las supersticiones más variopintas y pintorescas que cabría imaginar. El negro, por norma, sería un pésimo augurio, al revés que el amarillo, que en Asia es el color de la buena fortuna.

Claro que, para algunas personas, el amarillo también trae mal fario. Ha habido numerosos deportistas a los que no les ha hecho ninguna gracia tener que llevar una camiseta de ese color. Es de sobra conocido que al fallecido Luis Aragonés no le gustó ni un pelo que la segunda equipación de la selección española en la Eurocopa de 2008 fuese amarilla. Aunque, en este caso, no puede decirse que su temor se correspondiese con los resultados, ya que España ganó varios encuentros con ella hasta proclamarse campeona.

Otro de los casos más emblemáticos de costumbres o manías o supersticiones asociadas al color lo protagoniza el famoso golfista Tiger Woods, quien en las competiciones no viste otro color que no sea el rojo. No obstante, el deportista ha asegurado que lo lleva para dejar patente su agresividad animal, en particular cuando tiene que jugar en domingo.

Orina

Aunque suene a estrambótico, este subproducto corporal constituye también una fuente de conductas supersticiosas. Y es que conocemos a algunos futbolistas que se orinan en sus propias manos con el convencimiento de que les aportará suerte en los partidos. Y se dice también que la urea proporciona un mejor agarre del balón, cosa muy apreciada por los porteros.

En los años noventa del pasado siglo, la prensa deportiva daba cuenta de esta costumbre, seguida por el cancerbero de la selección argentina Sergio Goycoechea, alias el Parapenaltis. Si se daba el caso de que señalaban una pena máxima contra su equipo, intentaba aprovechar los instantes previos para «aliviarse» sobre sus manos. Que se sepa, la prensa deportiva no conoce hasta ahora otro caso similar.

Prendas de vestir

Hay piezas de ropa deportiva que, en ocasiones, se convierten en las favoritas del campeón o campeona de turno. Aseguran que se sienten triunfadores con esa prenda, llegando al extremo de no pasarla por la lavadora siquiera, so pena de que pierda su poder. Sin ir más lejos, el mítico jugador de básquet Michael Jordan aseguraba que siempre salía a la cancha llevando los calzoncillos del que fue su equipo cuando estudiaba en la Universidad de Carolina del Norte, los Tar Heels.

Otro jugador famoso de la NBA, Gilbert Arenas, aparcaba siempre en el mismo lugar y se vestía siguiendo el mismo orden. Si el equipo jugaba mal, incluso pasaba por el vestuario para cambiarse de calcetines. Algo que tampoco toleró fue cambiar el dorsal que lucía en la espalda de la camiseta, el número cero. En este caso jugaba también un papel el orgullo, ya que el número cero era un recordatorio de una profecía no cumplida que dictó uno de sus entrenadores de la etapa universitaria: «Vas a jugar cero minutos en la NBA como sigas brincando así».

Serena Williams, la hermana más supersticiosa de tan singular familia de tenistas, siempre usa los mismos calcetines en los torneos, aparte de botar hasta cinco veces la pelota antes de su primer saque y tres veces en el segundo. Jura y perjura que, cuando no lo hace, pierde el partido.

Por su parte, al exportero del Real Madrid Iker Casillas se lo consideró uno de los jugadores más supersticiosos de la liga de fútbol española. Antes de cada partido cortaba las mangas y el cuello de su camiseta, amén de no pisar jamás las líneas del campo. Y, cada vez que el equipo marcaba un tanto, rozaba con su mano el lado izquierdo del larguero de la portería.

Por su parte, el corredor automovilístico brasileño Ayrton Sena se ponía los guantes del revés cada vez que competía en un gran premio de la Fórmula 1.

Rezos

Santiguarse antes de entrar en el terreno de juego, sobre todo allí donde impera la religión católica, es un acto de lo más habitual. Basta con ver los primeros minutos de cualquier partido de fútbol, cuando los jugadores salen al verde. Aseguran los entendidos —o devotos— que es una forma de hacerse con el triunfo. También es conocido que, en algunos equipos de fútbol americano, rezar en conjunto antes de salir a competir es una práctica habitual. En el boxeo tampoco es infrecuente ver cómo los púgiles se santiguan y pronuncian alguna breve oración mientras esperan en su rincón a que suene la campana. Tanto es así que Silvester Stallone adoptó esa superstición cuando concibió al peleador más famoso de la historia del cine: Rocky Balboa. E, incluso, en los últimos años, se ha popularizado lo que se llama la «oración del boxeador», en la que el creyente ora para que dios lo guíe y lo proteja durante el combate.

Rituales

¿Qué no se ha visto ya durante los encuentros importantes televisados que pueda añadirse? Danzas rituales, cánticos tribales e incluso tararear alguna melodía afín antes de iniciar los encuentros, lanzar el balón de una forma determinada o santiguarse un cierto número de veces antes de salir al campo han dejado de ser una anomalía para convertirse en un espectáculo que redondea el encuentro deportivo. Tal vez, la danza guerrera maorí que la selección neozelandesa de rugby hace antes de iniciar cada partido en el Torneo de la Cinco Naciones constituye la muestra más conocida de una conducta excéntrica. Pero hay muchísimas más.

Por ejemplo, el tenista mallorquín Rafa Nadal posee una abultada lista de manías, y la más notable es que repite invariablemente una serie de gestos antes y durante cada partido. Tampoco le gusta pisar la línea blanca y siempre intenta cambiar de raqueta cada ocho juegos. Durante los descansos, tiene dos botellas de agua y bebe un sorbo de cada una, colocando, además, la raqueta encima de una toalla.

A modo de mantra para atraer la buena suerte y la concentración, el bicampeón olímpico en gimnasia Gervasio Deferr repite siempre la misma fórmula durante los entrenamientos: «Lo que hace falta antes de un buen ejercicio es una ducha de agua fría».

Vendajes

Para no pocos deportistas, los vendajes contienen una carga protectora que se mantiene aún después de recuperarse tras una lesión. Muchos de ellos creen que de esa manera evitarán dañarse de nuevo. Aunque sea una superstición, desde la perspectiva de la medicina deportiva, la idea no resulta tan mala, en particular si se emplean vendajes compresores, los cuales ayudan a mantener en calor el tejido muscular.

El futbolista francés Karim Benzema es un ejemplo de esta práctica supersticiosa. Hace ya algunos años que el delantero salta al terreno de juego con un vendaje en su mano derecha. La primera vez que lo lució, en 2019, respondía a necesidades médicas, ya que se había roto el dedo meñique de su diestra. No obstante, el astro del Real Madrid comenzó a asociar su buena racha goleadora al vendaje y, desde entonces, ha preferido continuar llevándolo aunque sus dedos estén perfectamente sanos.

II
Maldiciones:
una historia maldita

Mal fin tenga tu cuerpo, permita Dios que te veas en las manos del verdugo y arrastrado como las culebras, que te mueras de hambre, que los perros te coman, que malos cuervos te saquen los ojos, que Jesucristo te mande una sarna perruna por mucho tiempo, que si eres casado, tu mujer te ponga los cuernos, que mis ojitos te vean colgado de la horca y que sea yo el que te tire de los pies, y que los diablos te lleven en cuerpo y alma al infierno.

Maldición gitana

Aunque posee numerosos puntos en común, empezando por los sobrenaturales, la maldición (antagónica a la bendición) difiere de la *superstitio* en que ni la casualidad, ni mucho menos el azar, presiden su existencia. Tampoco viene generada por una circunstancia concreta cualquiera, exceptuando aquellas que justifiquen expresamente su puesta en marcha. Resumiendo, las maldiciones aparecen de manera artificial por obra y gracia nuestra, sin intervención de factores naturales (exceptuando los esotéricos). Y, por supuesto, tienen un propósito concreto: causar el máximo daño posible de manera duradera.

Al igual que el término '*superstitio*', el concepto «maldición» procede del latín '*maledictio*', que significa «acción o efecto de expresar verbalmente, pedir (*dicere*) que le ocurra un mal (o *male*) a otra persona».[26] Dicho vocablo también puede traducirse como '*injuriae*' o «injuria» (insulto), y se basa en el deseo súbito, en momentos de enojo o disgusto, de que suceda algo nefasto al sujeto-víctima, aunque su responsable se arrepienta al poco tiempo.[27] En tal caso, la maldición suele quedar sin efecto, según sostienen los entendidos en magia y manifestaciones similares.[28]

Dentro de tal contexto, la maldición quedaría limitada a una palabra o frase empleada para mostrar nuestro enfado o frustración ante determinadas situaciones. Un corte de luz, la avería de un electrodoméstico, atascos de circulación... circunstancias que, de una forma u otra, solo aportan molestias, ante las cuales una interjección a viva voz solo refleja nuestra propia contrariedad. Y que conste, a falta del conocimiento de su poder mágico, apenas pasarían de la grosería, aunque, de considerarlo así, entraríamos de lleno en el campo de la *superstitio* para los estamentos más reaccionarios.

Por contra, cuando además de vociferar una amenaza espontánea se procede a la aplicación de un ritual concreto al uso, entonces la *maledictio* alcanza un nuevo y letal nivel. Al respecto, la Real Academia de la Lengua califica la maldición como «una imprecación» dirigida contra alguien específica y expresamente, con un sincero deseo de que le sobrevenga algún tipo de mal.[29] Llegados a este punto, ningún límite impedirá que se lleve a cabo, tanto en personas como en lugares, entidades, etc., a menos que se conjure.

En consecuencia, conviene distinguir entre ambos extremos. Por suerte, pocos son los entendidos que pueden concretar y ejecutar una *maledictio* a la antigua. ¡Pocos, comparativamente hablando, claro está! Y, en tales ambientes, la posibilidad de «removerlas» o «revertirlas» continúa siendo latente,[30] lo que depara un variado folklore de

26. Garle, P. G. W. (editor), *Oxford Latin Dictionary*, Oxford University Press, Oxford, 1983.

27. Pérez Porto, Julián y Gardey, Ana, «Maldición - Qué es, definición y concepto», disponible en *https://definicion.de/maldicion/*

28. Como curiosidad, en el mundo cabalista suele recomendarse que tras pronunciar una imprecación, se diga inmediatamente la frase «*beEzrat HaShem*» (¡Ni Dios lo quiera!) para contrarrestar todo efecto nocivo.

29. *Diccionario de la lengua española*, RAE, Madrid, 2023.

30. Chauran, Alexandra, *Have You Been Hexed? Recognizing and Breaking Curses*, Llewellyn Worldwide, Nueva York, 2013.

tradiciones populares que varían en función en cada cultura y contexto y en cuya descripción no nos enredaremos, ya que escaparía al objetivo propuesto para esta obra.

¿Quién fue el primero en lanzar una maldición? Obviando la tradición oriental y las referencias judeobíblicas, que ocuparían un espacio demasiado extenso para este escrito, sigue sin quedar clara hoy en día la autoría de la primera imprecación proferida contra algo o alguien, y mucho menos cómo se descubrió su dinámica de funcionamiento o cómo se desbarataba.

No obstante, dado que su carácter la une inevitablemente a la historia de las civilizaciones, habría que remontarse a la más antigua que se conoce oficialmente. Es decir, aquella que se asentó entre los ríos Tigris y Éufrates, donde actualmente se sitúa Irak. Gracias al descubrimiento de la escritura, los asirios, sumerios, acadios y babilonios —al menos, según la historiografía aceptada— redactaban en tablillas cuneiformes toda clase de documentos, inclusive los históricos, aunque su contenido resultara legendario cuando menos.[31]

En particular, las maldiciones formaban parte de ese volumen al incluirse en el apartado diario de actividades.[32] Desde asuntos mundanos hasta las conspiraciones de palacio, tarde o temprano eran mencionadas ante la posibilidad de transgredir la ley.[33] Incluso la propia maldición suponía un mecanismo de seguridad ante robos y sustracciones, algo que recuerda el siguiente texto traducido del sumerio, de contenido médico:

> Quien robe estas tablillas o las dañe, que su cuerpo no tenga descanso, que el agua no lo reconforte, que se quiebren sus huesos, que el viento ardiente lo acompañe, que el polvo sea su alimento y su recuerdo sea olvidado por los hombres.[34]

31. Disponible en: *https://www.ancient-origins.es/mitos-leyendas-asia/origenes-humanidad-sumerios-003245*

32. Disponible en: *https://historiasdelahistoria.com/2017/03/14/maldiciones-mesopotamicas-proteger-objetos-tumbas-cumplimiento-contratos-incluidas-bodas*

33. Un ejemplo lo tendríamos en este texto pensado para los incumplimientos contractuales: «... quien rompa este contrato, que Enlil le haga desaparecer a la vista de todos, que Gibil confunda su memoria y que Ishtar destruya su simiente hasta la quinta generación».

34. Disponible en: *https://www.lavanguardia.com/cultura/20180315/441539397140/secretos-tabla-sumeria-cambridge.html*

El descubrimiento en el 2018 de más de tres mil tablillas de arcilla en la región mesopotámica permitió ahondar en la historia de estas culturas, rompiendo numerosos esquemas previos. Por tomar un caso, centrémonos en la ciudad de Babilonia, que, lejos de considerarse un pozo de pervertida maldad y promiscuidad extrema a partes iguales, también contaba con un *códex* legal tan adelantado a su tiempo como estricto en su normativa, solo que nuestro conocimiento previo dependió de aquellas poblaciones a las cuales conquistaron, quienes divulgaron su versión personal de acuerdo con sus propios patrones morales bastante más reaccionarios.

Pensemos también en el siglo de dominación que conllevó la conquista de las tierras hebreas con la consiguiente destrucción del templo de Jerusalén (hacia el 500 a. C.). El talante conservador de los *cohanim* o sacerdotes impulsó una campaña de descrédito por la que se metió en el mismo saco la promiscuidad, la nigromancia y las maldiciones. Y lo peor de todo: esa postura acabó heredada por cronistas de épocas posteriores, llegando casi a nuestros días.

¿Y en dónde se plasmó principalmente aquella animadversión de los hebreos? Pues en lo que hoy conocemos como las Sagradas Escrituras. Algunos de sus pasajes, de manera literal, «maldicen» a la citada ciudad y a sus moradores con rencorosa contundencia. Aquí tenemos otro ejemplo:

> Babilonia, la joya de los reinos, la gloria del orgullo de los babilonios, será derrotada por El Señor como lo fue Sodoma y Gomorra. Nunca jamás será habitada o vivida por las siguientes generaciones; ningún árabe podrá montar su tienda allí, ningún pastor descansará allí con sus rebaños...[35]

Siglos más tarde, el pensador cristiano Agustín de Hipona (354-430 d. C.) añadió algunos pensamientos de cosecha propia, presentando a Jerusalén como la «ciudad de Dios», en demoníaca contraposición con Babilonia, cubil de maldad extrema.

La guinda del pastel la proporcionó el controvertido Martín Lutero (1483-1546) con sus tesis protestantes. En su empeño

35. Isaías, 12:19-20.

por denigrar el catolicismo, comparó a Roma como la guarida del maligno, denominándola «la prostituta babilónica»[36] y maldiciéndola desde sus raíces. Dado que aquella civilización prestaba suma atención al culto hacia los demonios en todas sus formas, inclusive los trabajos mediante magia negra, se convirtieron así en el chivo expiatorio ideal para expandir el concepto de «maldición».

EGIPCIOS MALDECIDOS

Aunque la mayoría de sus conocimientos se transmitían por vía oral, la escasa documentación hallada entre los restos de la civilización egipcia (en formato de jeroglíficos, sobre todo) deja inferir que, amén de ser unos maestros consumados en invocarlas, las maldiciones formaban una parte importante de su quehacer diario.[37] El concepto, asociado a la magia —o *Heka*, en su enigmática lengua— venía estructurado de forma jerarquizada: por encima de todo, eran los dioses quienes detentaban la prerrogativa de efectuar los trabajos mágicos, pues solo mediante la misma el mundo podía mantenerse.[38]

Así, la diosa Isis ostentaba el epíteto de «grande en magia» por generar la vida, mientras que su coetáneo Thot protegía el cosmos mediante la *Heka*. A Ma'at, las artes mágicas le servían para preservar la paz y el orden, en tanto que Khnum confeccionaba el alma o *Ka* de cada individuo en su torno de alfarero, y así sucesivamente. No obstante, según las escasas referencias disponibles, las deidades «permitían» que los simples mortales pudieran beneficiarse de esta atribución mediante el pago de un emolumento a la casta sacerdotal.

Los sacerdotes ejercían de intermediarios ejecutando los conjuros precisos, amén de preservar aquello que guardara relación con

36. LUTERO, M., *De Captivitate Babilónica*, CreateSpace Independent Publishing Platform, Carolina del Sur, 2014.

37. Se obvia expresamente la influencia mediática del tema, plasmado a través de los *mass media* y la filmografía vigente, la cual merecería un capítulo aparte.

38. TABER, Gerardo P., «Magia y maldiciones del Egipto faraónico. Concepciones desde la antigüedad hasta el imaginario contemporáneo», en *Egiptología 2.0*, febrero 2020, disponible en: *https://www.academia.edu/28945259/Magia_y_maldiciones_del_Egipto_fara%C3%B3nico_Concepciones_desde_la_antig%C3%BCedad_hasta_el_imaginario_contempor%C3%A1neo*

el tema. De ese modo, intercedían ante los Dioses atendiendo todo tipo de asuntos, empezando por lo más mundanos. La magia podía proteger, pero también castigar o maldecir, siempre y cuando se cumplieran ciertos requisitos. De entrada, conocer el nombre del sujeto, o *ren*, a quien iba a aplicarse el trabajo. Para los egipcios, no solo nombraba a alguien, sino que, además, le representaba en los otros mundos inmateriales o espirituales.

Una vez que el difunto viajara al más allá, su *ren* debía invocarse para recibir el sustento que le permitiera seguir adelante y, ni que decir tiene, para que perdurara su recuerdo entre los allegados. En función de sus logros, podía ostentar también otros nombres que debían recordarse junto al original, lo cual deparaba que, en su exaltación, se citaran, teniendo presente el momento y contexto adecuados. A título de curiosidad, en el capítulo CXLVII del famoso *Libro de los Muertos* se especifican los pasos a seguir, empleando la *Heka*, para sortear los obstáculos habilitados por los guardianes del umbral.

Por ende, si el nombre se borraba o bien era enunciado incorrectamente, la víctima quedaba privada de su propia eternidad, desvaneciéndose en el olvido. Ahora imaginemos que dicha omisión se practicara ex profeso lo que se conocía como la '*dammatio memoriae*' o «condena de la memoria». Los egiptólogos la consideran una maldición en sí misma, pues eliminaba la imagen y el recuerdo de la víctima para la posteridad, y para el pensamiento egipcio no existía un castigo peor ni más terrorífico.

Un incidente de este tipo acabó registrado en el documento conocido hoy como el *Papiro Rollin*, donde se describía la conjura para eliminar al faraón Ramsés III, quien reinó entre el 1184 y el 1253 a. C. En el citado papiro se recogen las actas del juicio y el método empleado para asesinarlo: magia negra para debilitar a la guardia y pócimas venenosas para quitarle la vida al mandatario.

Afortunadamente para el faraón expansionista, el plan falló, aunque por muy poco. Uno de los conjurados declaró tras su arresto que había confeccionado unas figuritas de la guardia junto a unos escritos «para desorganizar y perturbar a los guardianes del faraón mientras les clavaba agujas» *(sic)*, entregando el paquete a un alto funcionario llamado Pay-Bak-Kamen. Al denegarle el cargo de chambelán real, buscó venganza intentando emplazar en el trono al hijo de una de las esposas menores de Ramsés III.

Traduciéndolo del egipcio, Pay-Bak-Kamen significa «este servidor ciego», un cambio de nombre obvio para negarle la posibilidad de que fuese recordado por las generaciones venideras, pues los egiptólogos casi están convencidos de que su nombre auténtico en castellano fue el de «Ra está a su derecha». Siendo honestos con la realidad, Ramsés III sufrió otros intentos de magnicidio, en particular el pergeñado por su segunda esposa real, Tivi. Al apercibirse que su hijo Pentawere acabó apartado de la línea sucesoria, quiso perpetrar otro complot que fracasó. Su hijo fue condenado al suicidio y enterrado sin inscribir su nombre en la tumba.[39]

Aunque extremos, los ejemplos descritos pierden su importancia ante el incidente relacionado con el décimo faraón de la XVIII Dinastía, Amenofis IV alias Akenatón (1353-1336 a. C.). Rompiendo todas las normas, decidió instaurar el culto supremo al dios Atón sobre el resto del panteón, generando un cisma sin precedentes en la historia de esta civilización. Tan infame se consideró esta herejía que sus sucesores borraron sistemáticamente cualquier evidencia de su reinado, su nombre y demás rasgos distintivos,[40] detalles que las últimas excavaciones arqueológicas vienen recopilando.

Maldecir para proteger

Si en los párrafos anteriores se han mencionado a pequeñas figuras antropomorfas simulando personajes a fin de focalizar un ataque mágico, lo cierto fue que en el milenario Egipto se usaban, ante todo, para labores de protección. La más destacada: asegurarse que los enemigos del difunto no le impidieran acceder a los mundos superiores mediante fórmulas ritualistas:

39. Redacción: «Pharao Ramses III. wurde Kehle durchgeschnitten», *Der Spiegel*, 18 de diciembre de 2012.

40. Recuérdese el triste destino y las consecuencias que supuso la muerte del hijo de Akenatón, Tutankhamon, por no citar la huida precipitada de su madre, Nefertiti, cuya tumba se encontró en el 2016 en un punto no especificado por los arqueólogos en Turquía.

(son) palabras para pronunciarse sobre una estatuilla del enemigo hecha de cera, sobre su pecho se escribe su nombre con una espina del pez sinodonte; y dejar en la tierra, en el lugar de Osiris.[41]

De ahí vino que se trazaran en dichas figuritas o en vasijas de barro las palabras de protección, o textos de execración. Curiosamente, le correspondía al faraón invocar y pronunciar la maldición correspondiente cuando se trataba de repeler a las fuerzas invasoras, usando la magia para repelerlos a distancia. Las efigies representaban a los atacantes y, tras leerse el texto, se rompían las vasijas para enterrarlas acto seguido. Se esperaba que la magia causara daños tanto al enemigo como a la etnia que representaba, preservando de todo mal al país del Nilo.

A continuación, he aquí una muestra de los referidos textos:

(nos guardamos de) todos los asiáticos: de Biblos, de Ullaza, de Ly-anaq, de Shutu, de Lymuaru, de Jerusalén... de sus hombres fuertes, sus veloces corredores, sus aliados y asociados y los mentu de Asia... que puedan rebelarse y luchar, que puedan hablar de luchar o de rebelarse contra nuestra tierra... todos los hombres y mujeres, todo el pueblo, todas las gentes... todos los eunucos, todos los funcionarios... que puedan hablar de combatir o rebelarse, y cada rebelde que hable de rebelarse... (que no tenga efecto) cada palabra, frase, pensamiento, mal propósito... todo mal sueño y mal sopor...[42]

Para las protecciones «menores» bastaba con recurrir a los sacerdotes, quienes solían atesorar una vasta experiencia en tales cuestiones. Un botón de muestra nos lo aportaría la tumba de un funcionario real de la VI Dinastía (2305-2118 a. C.), de nombre Meni, quien pedía la intervención divina para impedir que el enclave fuese saqueado por malhechores. Una inscripción en la entrada rezaba así:

Así lo dice y afirma el mayor de la casa Meni: el cocodrilo en el agua y la serpiente en la tierra contra aquel que hiciere algo contra esto. Porque yo no he hecho nada en su contra, los dioses le juzgarán.

41. Invocación contenida en el llamado *Texto de los Sarcófagos*.

42. HERÓDOTO DE HALICARNASO, *Historia*, Libro II Euterpe. Col. Biblioteca Clásica Gredos n.º 3, (traducción y notas de Carlos Schrader), Gredos, Madrid, 1992.

A un nivel más trivial, el cuidado de la salud representaba asimismo otro interesante terreno de actividad. Desde la perspectiva egipcia, una dolencia cualquiera se consideraba un desacuerdo entre los dioses que repercutía en el mundo ordinario, y que, gracias a las ofrendas de rigor junto al ritual mágico de turno (y el tratamiento médico adecuado), podía resolverse en favor del afectado. Claro que si entraban en juego rivales o adversarios que previamente habían pedido la actuación de una deidad en particular contra aquella misma persona, se hacía preciso contrarrestarla con ayuda de la adecuada invocación.

«¡Aquello que hay que decir como ensalmo para que actúe una medicina!», expone el llamado *Papiro Edwin Smith*. «¡Repelido es el enemigo que se encuentra en la herida! Expulsado es el mal que se encuentra en la sangre, el adversario de Horus, en cada lado de la boca de Isis. Este templo no se viene abajo; no hay enemigo de los conductos en el interior. Estoy bajo la protección de Isis, mi rescate es el hijo de Horus.»

En un orden paralelo, los amuletos de protección constituían la moneda común frente a posibles maldiciones. En el antiguo Egipto se han encontrado innumerables tipos de este aditamento, tantos que resultan los objetos mayoritarios que pueden hallarse en las excavaciones, más que el oro y demás riquezas. Si bien las clasificaciones varían en función del periodo a considerar, se han llegado a contabilizar no menos de doscientos setenta y cinco modelos diferentes destinados a salvaguardar la integridad de su portador en todas sus facetas.[43]

La función primordial del amuleto, lógicamente, estriba en proteger a su portador de cualquier amenaza. Lo más habitual era contra algo muy concreto y mundano, como el temor de un trabajador que se encuentra en el desierto y teme que le pique un escorpión o una serpiente, o bien en previsión de alguna desgracia general. Tampoco se desdeñaban los miedos hacia lo sobrenatural, empezando por entidades desencarnadas y acabando por las aberraciones del inframundo. Menos aún faltarían aquellas protecciones pensadas para finalidades específicas. Por ejemplo, evitar un aborto o quedarse embarazada.

43. Disponible en: *https://historia.nationalgeographic.com.es/a/amuletos-maldiciones-y-magia-negra-en-el-antiguo-egipto-asi-se-ganaba-el-favor-los-dioses-egipcios_18365*

En numerosos casos, el amuleto adoptaba la apariencia de aquello que se pretendía evitar, por ejemplo, los ofidios e insectos, los grandes felinos o el consabido cocodrilo del Nilo. Contra amenazas de mayor fuste se inscribían las efigies distintivas de las deidades en busca de su favor ante la adversidad. De ese modo, fue muy popular el símbolo de Khepri, el escarabajo, deidad encargada de la salida del sol hasta su llegada al mediodía. O el ya aludido Horus, el ejecutor del temido Seth o la serpiente, con la sempiterna figura del ojo-que-todo-lo-ve.

Dentro de una perspectiva más romántica, tampoco faltaron los trabajos de magia (con maldición incluida) destinados a atar a la pareja o sencillamente para conseguir el afecto de la persona deseada. Harto populares durante la decadencia con los ptolomeos y la incipiente dominación romana, llegaban a venderse al por mayor en los mercadillos portuarios. En la actualidad se conservan poquísimas referencias sobre esta clase de hechizos inscritos en papiros, aunque las escasas muestras supervivientes dejaban claras las instrucciones a seguir.

Una muestra de su peculiar *modus operandi* lo encontramos en este texto casi único recuperado a finales del siglo XVIII:[44]

«¡Salve, Re-Horakhty, padre de los Dioses! ¡Salve, Siete Hathor, que estáis adornadas con bandas de lino rojo! ¡Salve, señores del cielo y la tierra! Vamos, haced que... (escribir aquí el nombre de la persona amada) nacida de... (poner el nombre de los padres) venga detrás de mí como una vaca tras el forraje, como una sirvienta tras sus hijos; como un pastor tras su rebaño. Si ellos no hacen que venga detrás de mí, PRENDERÉ FUEGO A BUSIRIS Y QUEMARÉ A OSIRIS...».

MALDICIONES AL ESTILO GRECORROMANO

«*Timeo danaos et dona ferentes...!*»,[45] clamaba el rey Príamo, soberano de la ciudad de Troya, al divisar al célebre caballo gigante que significó el fin de esta urbe a manos de una coalición grecomacedónica. Al desem-

44. NÉRET, Gilles, *Description de L'Egypte publiée par les ordres de Napoleón Bonaparte*, Taschen, Colonia, 2007.

45. Traducido del griego: «¡Teme a los griegos y a sus regalos!». La frase procede de la *Ilíada* de Homero.

barcar y fundar la ciudad de Alejandría en el delta del Nilo hacia el 221 a. C., el conquistador Alejandro III de Macedonia (356-323 a. C.), conocido como El Magno o El Grande, ocupó una cabeza de playa que le facilitó imponer la presencia helena en Egipto. Solo que un siglo antes de su llegada, los marinos y viajeros griegos ya se encontraban familiarizados con las prácticas mágicas de los egipcios.

Buena parte de sus trabajos quedaron descritos en las obras del renombrado geógrafo e historiador Heródoto (484-425 a. C.). Considerado un admirador incondicional de esta cultura, describió las interioridades de Egipto hasta allí donde se le permitió conocerlas, tras entrevistarse con la casta sacerdotal, iniciando así una moda que un siglo antes ya propagaron filósofos y pensadores como Platón o Pitágoras. La sabiduría emanaba del enigmático país de las Pirámides, y acudir hasta allá se consideraba una verdadera iniciación.[46]

«No abundan mucho los animales por estas tierras, pero los pocos que hay se consideran sagrados por cuanto algunos de ellos protegen sus casas y demás posesiones», anotó en su tercer libro de *Historiae*. A los mininos, en particular, se les consideraba seres de sobrenatural sensibilidad al asociarlos con la diosa Bast, la guardiana de la noche. Su presencia en la vivienda en calidad de vigilantes contra todo mal procedente del exterior les hacía indispensables. «Tanto era así que, de producirse un incendio en el hogar, a quien salvaban primero eran sus gatos», añadió Heródoto.

De la fusión entre el saber ancestral egipcio y los conceptos filosóficos griegos surgió un nuevo *códex* sincrético que ganó una enorme popularidad, el *Corpus Hermeticum*. Atribuido al legendario Hermes Trismegisto o el Tres Veces Grande (una transliteración del divino Thoth), recogía enseñanzas faraónicas y postulados pitagóricos mezclados con tesis platónicas, junto a un toque de filosofía estoica.[47] En tal sentido, la cultura helenística absorbió su contenido aportando una nueva versión de los *Textos de Execración*: las maldiciones compartían página con rituales de salvaguarda, anotándose en griego demótico.

46. HERÓDOTO, *op. cit.*

47. A efectos prácticos, opúsculos como el *Kybalion* o la *Tabla esmeralda* resumirían aquel saber de antaño.

Un representante típico de esta tendencia fue el denominado *Papiro Mágico de Leyden/London*,[48] un auténtico manual de tareas esotéricas del siglo III. Sobre el tema de las maldiciones, en la columna XXIII se hacía constar un conjuro para infligir catalepsia, cuyo contenido —ya en griego moderno— enunciaba que «debes pronunciar ante el Sol»:

> ... Yo te invoco a ti que moras en el vacío, terrible e invisible, poderoso dios de los dioses que te encargas de la destrucción y la desolación. Yo te invoco, Tifón-Seth, yo realizo rus ceremonias de adivinación para invocarte por el poderoso nombre de las palabras que no puedes rehusar escuchar.... Enteramente ven a mí y aproxímate y destrúyelo (a él o ella) con hielo y fuego; (él o ella) me ha hecho mal y ha vertido la sangre de Tifón a su lado: por ello hago estas cosas...[49]

Tras la batalla de Actio (31 a. C.), a resultas de la cual se suicidó la famosa reina Cleopatra VII, Egipto se convirtió en una provincia romana adoptando el resto del Imperio detalles de su arquitectura. También se llegó a rendir culto a algunos de sus dioses, sobre todo Isis, ocupando extensas áreas de la cuenca mediterránea. La *Pharaonica mágica* de los sacerdotes egipcios se convirtió en una curiosidad exótica, solo al alcance de unas minorías selectas que desvirtuaron aquellos conocimientos malinterpretándolos. De paso, en la propia Roma se institucionalizó la gestación y empleo de las maldiciones.

De entrada, seguían un protocolo harto formalizado. Las *katadesmoi* o ataduras iniciales de los griegos pasaron a denominarse *tabulae defixiones* por los romanos, escribiéndose en tablillas de plomo u otros materiales.[50] Solían invocar la ayuda de algún espíritu, a ser posible de alguien fallecido hacía poco, y se depositaban en lugares considerados «eficaces» para que se cumplieran, como un cementerio, o mejor aún, un lugar húmedo como los desagües. En el texto, el

48. GRIFFITH, Francis Llewellyn T. y THOMPSON, Herbert, *The Leyden Papirus: An Egypcian Magic Book*. Dover Publications, Nueva York, 1974.

49. Como curiosidad añadida: también existe un conjuro en el papiro Mimaut (PGMIII, 612-632), útil para dominar la propia sombra convirtiéndola en un sirviente de su propietario.

50. GAGER, John G., *Curse tablets and Binding Spells from the Ancient World*, Oxford University Press, Nueva York, 1992.

peticionario expresaba su *animus* o deseo de venganza maldiciendo a alguien que hubiese atentado contra él.

Paradigma típico de tal forma de proceder lo evidenció una reciente excavación arqueológica en las termas de Aquae Sulis en Somerset (Reino Unido). Aunque durante la Edad del Hierro se consideraban un santuario para los lugareños consagrado a la diosa Sulis, los romanos reacondicionaron el enclave trocando la referida deidad por la latinizada Minerva. En los pozos de la instalación se localizaron una gran cantidad de *tabulaes* de plomo con inscripciones dedicadas a esta última diosa con maldiciones en latín.[51] Estas se dirigían a personas que habían perpetrado algún agravio. Si a un ciudadano romano le robaban la ropa mientras se bañaba, el afectado plasmaba su *maledictio* en la tablilla nombrando al sospechoso y la depositaba en el agua a fin de que la diosa se enterase. Pedirle un castigo por lo acaecido representaba el contenido mayoritario de los textos, pero también se describían asuntos amorosos, se solicitaba un veredicto favorable en los juicios e incluso se pedía suerte en las carreras de cuadrigas.

Heredados a su vez de los *areteos* o maldecidores de Grecia, existía en las principales villas de Imperio un cuerpo de *augures* o adivinos especializados en maldecir por cuenta ajena, pagados con elevados emolumentos. El estamento castrense, empezando por las legiones, se hacía servir de las *malditio* para atacar y obstaculizar al bando contrario, lo cual se consideraba un recurso más en sus campañas militares. Tan pronto los *speculator* o espías localizaban a los líderes enemigos, de inmediato se les maldecía con la esperanza de salir vencedores en la contienda.[52]

Guerra de maldiciones

Entre tanta imprecación sobre el campo de batalla, la Manu Militari romana no supo prever, con el paso del tiempo, que sus adversarios también tuviesen en cuenta métodos similares. Julio César, en su obra *De Bellum Galli*, ya comentaba los problemas que suscitaban los drui-

51. *The Roman Baths. Guía turística de Somerset*, un folleto que puede adquirirse en la propia oficina de información del ayuntamiento.

52. Dorschel, Andreas, *Entwurf einer Theorie des Fluchens*, *Variations* 23, 2015.

das y sus conjuros basados en la naturaleza, llegando a la expeditiva solución de matarlos allí donde se les divisase, sin olvidar la profanación de sus lugares mágicos. Básicamente, los bosques.

El problema adquirió tintes más graves cuando las legiones romanas pasaron de combatir contra adversarios locales, en la Galia o en Hispania, a asediar regiones enteras. De una cultura considerada pagana, como bien pudiera ser la céltica, se enfrentaron contra una miríada de tribus, clanes y pequeños reinos que supieron aprovechar su conocimiento del terreno para infringirles severas derrotas. Y, por añadidura, introdujeron su concepto peculiar de la *maledictio*, afectando a la moral de las tropas.

Justo en aquella época arranca una de las peores maldiciones todavía hoy temidas: el mal de ojo o aojamiento. Numerosos historiadores y expertos en ocultismo sitúan su origen en Oriente Medio, aunque otras fuentes admiten su desarrollo en la cuenca mediterránea oriental, emparejándola con tradiciones procedentes de los países eslavos y la cultura indoaria.[53] El término se refiere a la supuesta capacidad que ciertas personas poseen para causar desgracias y enfermedades a través de una mirada especialmente maligna o penetrante lanzada contra su víctima.

Menos pavor, pero idéntica preocupación, generaban las maldiciones de los pueblos británicos, en particular las procedentes de chamanes *pictos* e irlandeses. La *stone curse* o piedra maldita consistía en voltear una piedra hasta tres veces en sentido contrario a la agujas del reloj mientras se pronunciaba el nombre de la persona a quien se quería maldecir. Aquí, la perversa imaginación del que la invocaba entraba en juego para todo tipo de finalidades: castigar a un niño que se orinaba en las paredes, evitar que un visitante se quedara demasiado tiempo en una casa, etc.

Más raras, aunque no menos eficaces, serían las maldiciones del huevo, que afectan a la fertilidad. La teoría dicta que en los terrenos de la víctima había que esconder este objeto con vistas a que la tierra y cuanto moraba sobre la misma se volvieran estériles, arruinando al propietario. Ahora bien, de localizarse aquel huevo enterrado, se

53. Downton, Dawn Rae, *The Little Book of Curses and Maledictions for Everyday Use*, Skyhorse Publishing, Nueva York, 2009.

sobreentendía que el mal quedaba inutilizado. Bastante infrecuentes eran las maldiciones de año nuevo y de la leche, que perseguían finalidades algo diferentes. Respectivamente, traer la mala suerte durante todo un año o, en su defecto, que las vacas no dieran leche.

El toma y daca entre diferentes concepciones de la magia recibió un duro mazazo cuando las religiones predominantes entraron de lleno en la disputa. Hacia el 380 d. C. el emperador Teodosio declaró el cristianismo la única religión oficial del Imperio romano y, entre varias acepciones más, relegó la *maledictio* al mero papel de una superstición reprimiendo tradiciones paganas. En el año 639, el Califa Amr Ibn al-Às marchó desde Palestina ocupando Egipto en nombre del islam; gran parte del legado de los faraones fue demolido y toda referencia a la magia fue declarada proscrita.

Con el idioma egipcio original ya olvidado y el paganismo bajo sospecha inquisitorial, las relaciones entre los mundos árabes y europeos se basaron en el dominio por la Tierra Santa, hasta la expulsión definitiva de los cruzados en 1296. Unos y otros consideraron la maldición mera superchería, que en el resabio folklórico apenas trascendía el estadio de leyenda o, en el mejor de los casos, de tradición de oscuro significado o de cuentos de brujas. Pero el mal, sin embargo, ya estaba hecho. «*Eu non creo nas Meigas, mais habelas, hainas*»,[54] que suelen afirmar en Galicia.

Contra una maldición, el mejor antídoto es una fuerte carcajada, sostenía el famoso escapista Harry Houdini. Y eso ya lo advertían también los clásicos: la risa aleja todo mal y cura de espantos. Quizás vendría de fábula tomarse en broma una maldición en concreto si afecta al siempre inseguro mundo del deporte.

LAS PRIMERAS MALDICIONES DEPORTIVAS

Explicaba hace unos años el catedrático de Filología Griega de la Universidad Complutense de Madrid, Fernando García Romero, que para esa cultura en la que está especializado, el deporte simbolizaba

54. En gallego: «Yo no creo en las brujas, pero haberlas las hay».

la civilización, pues su práctica constituía una señal del alto grado de desarrollo social alcanzado.[55] Asimismo, las competiciones representaban verdaderos actos de culto, cuando no una congregación religiosa. Lo malo fue que las motivaciones más mundanas (apuestas, política, el deporte como espectáculo, etc.) fueron ganando peso conforme la influencia romana se hizo patente.

La arqueología vigente ha descubierto docenas y docenas de *defixiones* escondidas en los lugares más pútridos e inesperados, centradas casi primordialmente en las carreras de caballos. Una, bastante bien conservada y datada de finales del siglo I, se halló en una tumba cercana al circo de la población sevillana de Astigi (Écija).[56] En ella figuraban los nombres de doce equipos que iban a competir por parejas en una competición de cuadrigas. La tablilla estaba escrita con la malsana intención de sabotear la capacidad de los rivales para evitar que ganasen a quienquiera que fuese el interesado.

El deseo de dañar al adversario, sea impidiendo su victoria o bien frustrando su participación en la lid, supone unas constante en tablillas de ese tipo. Los arqueólogos también han rescatado otras que demandan que los caballos enfermen, se salgan de la pista o sufran accidentes, como en esta *defixio* desenterrada en la fuente de Anna Perenna de Roma: «...Pido que mis rivales sean derribados de sus carros y hacedles volcar para que se caigan y sean arrastrados por todo el circo junto a los jamelgos que conducen [...] con gran daño para sus cuerpos...».

Las rivalidades entre escuderías competidoras subían de tono en los circuitos de mayor fama, por ejemplo el de Marsilia (Marsella) y, sobre todo, los del norte de África. Para los historiadores ya no hay dudas de que las carreras en aquellas localizaciones despertaban pasiones tan profundas como las que se experimentan actualmente en los campos de fútbol, pues se han sacado a la luz más de cincuenta *defixio* halladas en los circos de Cartago (Argelia) y Hadrumetum (Susa,

55. Disponible en: *https://www.march.es/es/madrid/conferencia/deporte-grecia-antigua-i-por-que-practicaban-deporte-griegos-antiguos*

56. Disponible en: *https://culturaclasica.com/maldiciones/*

Túnez) contra aurigas y equinos que participaron en competiciones en dichos. Estas están, casi siempre, escritas en griego e invocan a *daemones* orientales.

Una de aquellas tablillas, harto virulenta, la trazó un apostante habitual que acudía al circo de Cartago contra las cuadrigas de los equipos verde y azul en favor de los carros de las formaciones roja y blanca[57] antes de arrojarla a una letrina:

> ... a los caballos... córtales los nervios, rómpeles las articulaciones, átales la carrera, la fuerza, el alma, el impulso, la velocidad... quítales de la victoria, ponles obstáculos en los pies para que mañana cuando vayan al hipódromo no puedan correr, ni tan siquiera andar, ni ganar, ni tan siquiera salir de los cajones de las cuadras, ni avanzar por la calle, ni por la pista, ni tomar las curvas, sino que se caigan con sus propios aurigas...

Los propios conductores tampoco se libraban de acabar muertos o lesionados a tenor de la segunda parte del texto:

> Átales las manos, aparta de ellos la victoria, la salida y la vista para que no puedan ver a los aurigas rivales; es más, derríbalos de sus propios carros, haz que vuelquen y se caigan y sean arrastrados a lo largo del hipódromo, en especial los mojones (los puntos donde se señalizaban los límites de la pista de carreras)...

En descargo de sus autores, también conviene destacar que se perfilaron *defixios* benevolentes. Una de las mismas, recuperada cerca de un circuito en la actual franja de Gaza, rogaba por la victoria de una cuadriga en concreto tras inscribir en sus pezuñas unos símbolos mágicos. Una acusación similar recayó sobre san Hilarión (Gaza, imperio romano 292-372, Pafos, Chipre) antes de iniciarse en la vida ascética y monacal.

Con los precedentes descritos, puede entenderse que las maldiciones deportivas vigentes nada aportan de nuevo a la cuestión. Simplemente, las redondean...

57. Disponible en: *https://mirincondelabahia.wordpress.com/2010/05/18/maldiciones-deportivas/*

III
Cuando la magia negra entra en juego

Pobre, pobre Quilmes

A grandes rasgos, los entendidos en el tema sostienen que una maldición puede surgir en cualquier momento y lugar, desapareciendo tarde o temprano de una manera espontánea. La cuestión, sin embargo, se complicaría al aplicar sobre la misma criterios muy concretos basados en suposiciones que desafían toda lógica racional. En otras palabras, el uso de hechizos o brujería con una intencionalidad muy concreta por parte de alguien muy versado en el uso de las artes oscuras se consideraba un *trabajo* en el argot del colectivo.

Y de eso mismo se conformó la siguiente historia, donde, aparentemente, el fin justifica cualquier medio, por esotérico y asombroso que pueda sonar. A mediados de 1980, el argentino Quilmes Atlético Club, dependiente del poderoso Exxel Group, atravesaba una situación comprometida que lo situaba al borde del descenso. Justo entonces, a un socio se le ocurrió la peregrina idea de contactar con una manosanta, o curandera local para salvar a la entidad. Al explicarle el problema, aquella mujer se dirigió a la gerencia del club, detallándoles que los jugadores deberían atarse al tobillo izquierdo una cinta roja si querían ganar.

La medida se llevó a la práctica, ante la incredulidad de los futbolistas. No obstante, al poco tiempo quedó desestimada por las molestias que les ocasionaba al correr tras el balón. Uno de los delanteros, Horacio Milozzi, confesó en el 2001 sin ambages ante la prensa que desobedeció el consejo porque le entorpecía sus movimientos cada vez que chutaba a puerta.[58] «Yo la usé durante trece días, pero hubo otros jugadores que se cansaron antes. Más que una cosa de brujería se trataba de una cábala que había empezado como una broma», apostilló. Poco importó su uso circunstancial, pues el equipo bajó a segunda sin que la propuesta de la curandera pudiese evitarlo.

Un decenio después, algo similar sucedió en un partido decisivo contra un serio contendiente que les impedía regresar a la primera división, el Almirante Brown. Un trabajador de mantenimiento llamado Bertín le explicó a un directivo que conocía a un tal Aldo, experto en confeccionar *trabajos* a domicilio. «Es un recomendado brujo de la zona, nos puede ayudar. Es muy bueno», argumentó. Apenas se perdió tiempo en convocarlo. El tal Aldo se desplazó a las dependencias del club y solicitó acceso a los vestuarios. Allí requisó momentáneamente los botines de Mario Gómez, un centrocampista muy destacado.

Gómez, apodado la Tortuga por sus compañeros debido a la lentitud con que manejaba el balón, sintió sorpresa e incredulidad a partes iguales cuando Aldo le devolvió aquella prenda un par de días después. Ahora bien, desde el medio campo este jugador marcó un gol de antología que aún se recuerda, permitiendo a los Quilmes obtener la victoria y el ascenso que tanto ansiaba la directiva. No obstante, a la temporada siguiente se invirtió el proceso para consternación de los patrocinadores.

Y así se llega a 1993, instante en que la maldición cobró un poder desmesurado en el entorno de este club argentino. El entrenador del equipo, por aquel entonces Humberto Zuccarelli, le planteó al presidente de la entidad, José Luis Meiszner, y al directivo Jacinto Porroni la necesidad de recurrir a medidas extremas para evitar el inminente descalabro contra uno de los rivales más directos, el Gimnasia y Esgrima de Jujuy. En un momento de la reunión, Zuccarelli

58. Disponible en: *https://www.elgrafico.com.ar/articulo/%C2%A1habla-memoria!/34875/%C2%BFquilmes-esta-embrujado%3F*

exclamó: «Yo conozco a una señora que puede ayudar al club; vive en Chascomús».[59]

Esa persona no era otra que Hilda Bertucci de Irribaren, profesionalmente conocida como Dora Bertucci o la bruja Dora. El entrenador la conocía de años atrás, cuando había sido futbolista en un equipo local y había presenciado algunas de sus actividades paranormales. No deja de resultar curioso que nadie en el vecindario la conociese por manosanta, sino al revés. Pero ese nimio detalle no impidió a Jacinto Porroni y a otro directivo contactar telefónicamente con ella para pedir una cita y viajar hasta Chascomús la semana previa al partido.

Ambos ejecutivos le llevaron varias fotos de los jugadores propios y rivales, a petición de la propia Dora, amén de varias camisetas. Durante largos minutos, ella examinó aquel material cuidadosamente antes de ofrecer un dictamen: «Acepto; yo les cobro dos mil pesos como anticipo y el resto cuando termine el *trabajo*», afirmó, para, acto seguido, pinchar con alfileres algunas de las imágenes. Bendijo a los jugadores del Quilmes mientras maldecía al equipo contrario, vaticinando que perderían por tres a cero y que su propio equipo saldría vencedor en el próximo encuentro. Satisfechos, regresaron a las dependencias del club a la espera del resultado.

El pronóstico se cumplió a rajatabla, solo que el siguiente partido —el decisivo—, contra el Deportivo Cuenca Saldívar de Morón, acabó interrumpido por un petardo lanzado desde las gradas. Preocupados por la posible sanción que supondría el altercado, la ejecutiva del club recibió de propina la airada visita de la Bruja Dora exigiendo la segunda parte del pago. Al sacársela de encima, cuenta la leyenda, les lanzó una maldición consistente en que no ganarían la Liga durante trece años. Tras pactar una nueva fecha para el encuentro definitivo con el equipo rival, Quilmes perdió por 3 a 2.

La racha de desgracias para los cerveceros prosiguió durante las siguientes temporadas, hasta el punto de que la directiva intentó contactar de nuevo con aquella mujer buscando la redención. Por desgra-

59. Una población situada a poco más de un centenar de kilómetros de Quilmes, que a su vez queda cercana a Buenos Aires, junto al río de la Plata.

cia, la bruja había fallecido el 21 de diciembre de 1996, siendo enterrada en el camposanto de Chascomús. Se enteraron de la noticia por boca de la sobrina, quien, a su vez, decidió redondear la maldición, añadiendo que «mi tía se murió, pero con mi tía también se murió Quilmes. Suerte y buen viaje» *(sic)*.[60]

El óbito de doña Dora despertó el horror y la perplejidad de la directiva, popularizándose así la Maldición del Quilmes. Ni las ofrendas ante su tumba, dádivas, flores y peticiones de perdón por parte de los hinchas lograron desinflar el conjuro. Las temporadas siguientes supusieron un duro calvario para el equipo, que perdió cinco finales consecutivas desde 1999. A la desesperada, una pequeña comitiva de ejecutivos capitaneados por Mario de Bellis —quien asistió a la primera reunión con dicha bruja— decidió visitar su tumba tratando de compensar el incumplimiento del pacto.

De nada sirvió. Aunque se depositó un banderín del equipo y una nutrida ofrenda floral, sin olvidar varias oraciones solicitando el perdón, la meteorología empeoró paulatinamente hasta descargar en pocas horas un intenso aguacero que favoreció que el Quilmes perdiera su enésimo partido. *A posteriori*, varios de los visitantes incluso se negaron a comentar aquella enojosa visita, entrando en escena el hincha Rodolfo Acosta. Cansado de tanta iniquidad, se personó ante la misma lápida echándole en cara que los seguidores del club no tenían la culpa del desaguisado e incluso se comprometió a redecorar el entorno con los colores del Quilmes, un gesto que cumplió a rajatabla al margen de efectuar varios arreglos. De nuevo, la leyenda que rodea al club nos asegura que a partir de aquel día el equipo obtuvo seis triunfos, varios empates y una aislada derrota, subiendo a la primera división para regocijo de la afición. «Y si elegís creer la historia, sabed que fue todo culpa de la dirigencia de la época por no pagarle lo que le faltaba», aseguró siempre Acosta.

La versión de la directiva, curiosamente, difiere de forma sustancial. La enésima eliminación en 1999 condujo a la búsqueda de un personaje ya nombrado en los párrafos precedentes: el brujo Aldo,

60. En una entrevista para el diario deportivo *El Equipo*, fechada en septiembre del 2021, negó con rotundidad haber pronunciado aquellas palabras.

aquel especialista que *arregló* los botines del centrocampista «Tortuga» Gómez. Regresó al club pocos días antes de que se jugara la promoción de ascenso, colocando un velón de medidas considerables en pleno vestuario, encendiéndolo. Asimismo, pidió tres camisetas; la 2 del defensa Ayalés, la 6 del central Schiavi y la 9 del extremo Bordi, para, a continuación, hacer *mutis por el foro.*

El tal Aldo volvió 48 horas después, vaticinando que el equipo vencería en el primer encuentro, pero que empataría en el siguiente. La directiva le abonó trescientos sesenta y cinco pesos por su labor, confiándole que percibiría mil quinientos pesos extra si subían a primera. Durante la primera jornada, las cosas fueron bien, y Ayalés marcó el gol determinante. Por desgracia, en el segundo encuentro los acontecimientos condujeron a otra humillante derrota y el pobre brujo se quedó sin la cantidad pactada. Lo insólito fue que desistió de lanzar maldición alguna, limitándose a encogerse de hombros y abandonar el estadio.

Con la entrada del nuevo siglo, el equipo cervecero tampoco remontó los resultados apetecidos. De entrada, el Exxel Group anunció que retiraban el patrocinio a la entidad deportiva, dejando una deuda equivalente a los doce millones de dólares. También tuvieron que desprenderse de varios jugadores clave, perdiendo gran parte de su potencial ofensivo. Y la maldición, que debía finalizar en el 2007, persistió en el 2011 al volver otra vez a segunda.

Desde entonces, nadie quiere ni oír hablar de brujos o pitonisas para arreglar problemas internos. Subir a primera división en once ocasiones, para luego descender otras doce en apenas treinta años —un récord mundial, según Wikipedia—, supone un duro golpe a la moral.

MALDICIONES EN EL FÚTBOL AFRICANO

Las circunstancias descritas empequeñecen, paradójicamente, cuando nos trasladamos a las competiciones deportivas en el continente africano. Y muy especialmente en el deporte rey. La brujería acostumbraba a ser moneda habitual en los campeonatos nacionales de balompié, o en aquellos de mayor fuste para esas latitudes. Lo referimos en términos pasados porque, desde La XXIII Edición de la Copa de Africana de Naciones 2002, celebrada en Mali, el comité regulador prohibió su utilización so pena de sufrir severas sanciones.

«Hay ciertas culturas, ciertos jugadores, que hacen esta especie de brujería que ellos conocen como "muti"», relataba el delantero mexicano Diego Franco a un diario deportivo de este país.[61] En calidad de jugador profesional desde el 2013, inició un periplo que lo llevó desde Costa Rica hasta España, para recalar en Sudáfrica con el Steenberg United de Ciudad del Cabo. Desde un inicio, le sorprendió que sus compañeros de equipo y los rivales entrasen en el terreno de juego efectuando cánticos o echando sal en el césped.

Las prácticas rituales, en particular entre aquellos jugadores procedentes de etnias rurales, resultan habituales y forman parte del *modus vivendi* del futbolista africano. «Tienen distintas cosas: se cuelgan amuletos alrededor de la cintura, o se hacen marcas en el pecho», aseguraba Franco. «Una vez, llevaron al vestuario hojas de bambú y las quemaron; salió un humazo y se pusieron a cantar alrededor. Por si acaso me aparté rezando para que no me alcanzara. Esto es algo que todos conocen, aunque no quieran hablar del tema».

El asunto de base, sin embargo, radica en que la totalidad del plantel, los técnicos y la directiva de los equipos practican al unísono semejantes rituales, aunque ocultos a la luz pública. Muy de cuando en cuando, sin embargo, la prensa refleja sus detalles. Y para muestra un botón: en un campeonato celebrado en el 2020 se acusó a la selección de Malawi de contar con un brujo o *kikuyu* entre sus filas que trabajaba de incógnito como mozo responsable de mantener limpios los uniformes de cada jugador. El capitán del equipo, Gabadinho Mhango, quiso restarle veracidad a aquella denuncia, sin éxito.

Unos años antes, en el 2012, el técnico de la selección ugandesa, Goran Stevanocic, denunció que la selección argelina venía ejercitando un trabajo de magia contra los jugadores de su equipo a fin de provocar malos resultados. Irónicamente, la misma selección nor-

61. Disponible en: *https://www.mediotiempo.com/futbol/brujeria-futbol-africa-practica-comun-excepciones-vergonzantes*

teafricana había formulado una acusación idéntica un decenio atrás contra el equipo de Guinea Ecuatorial durante la antedicha Copa Africana de Naciones: afirmaban que los guineanos contaban con un *kikuyu* capaz de exorcizar el balón, operando en la sombra.

Sin dejar todavía de lado la Copa Africana del 2002, merece destacarse que en aquel campeonato acaeció un feo incidente en el que quedó involucrado de por vida el famoso portero camerunés Thomas N'Kono. Nacido en 1955 y natural de Dizangué, un pueblecito rural de Camerún, entró a jugar en 1976 como guardameta en el Canon Yaoundé, un equipo de la capital. En 1982 fue seleccionado para defender la portería de Camerún durante el Mundial de Fútbol en España, donde llamó la atención del R. C. D. Espanyol, una entidad que le fichó nada más finalizar este evento.

Según la creencia popular de su país, Tommy —como le denominaba la prensa catalana— era considerado un brujo del balompié, que, según decía, poseía habilidades sobrenaturales que le permitían predecir los movimientos de sus oponentes, aparte de efectuar paradas rocambolescas, conjuntadas con una habilidad y reflejos singulares. La realidad detrás de aquellas habladurías fue su dedicación y perseverancia durante los entrenamientos, que lo convirtieron en un cancerbero excepcional, algo que los hinchas periquitos del Espanyol pudieron comprobar sobradamente.

Muy querido por la afición, su mayor momento de gloria lo vivió en el Mundial de 1990. Los Leones Indomables, apodo con el que los diarios bautizaron al conjunto camerunés, se enfrentaron en su primera jornada contra la selección argentina, capitaneada por otra leyenda del fútbol: Diego Armando Maradona. Los Leones vencieron por un solitario gol marcado por François Oman-Bijyk, mientras N'Kono detenía uno tras otro los balonazos que le enviaban Maradona y compañía. En las siguientes rondas eliminaron a Rumanía y la Unión Soviética, pero en cuartos cayeron eliminados ante Reino Unido por 3 a 2 en la prórroga.

En el 2000, con cuarenta y cinco años, N'Kono decidió retirarse de la competición activa, aunque aceptó la oferta que la propia selección del Camerún le planteó para entrenar a los porteros. Ocupado permanecía en tal actividad al iniciarse la antes aludida XXIII Copa de África de Naciones de Mali, a la que acudió en calidad de técnico. Y justo entonces, el 7 de febrero del 2002,[62] la parte más primitiva del continente africano le cayó encima en forma de un vergonzoso incidente durante las horas previas de la semifinal ante la selección organizadora del torneo.

El seleccionador nacional del equipo camerunés, el alemán Wilfred Schaffer, y el propio N'Kono decidieron inspeccionar el terreno de juego para comprobar su estado. De repente, la policía local irrumpió en el campo agrediendo con saña al antiguo portero, y deteniéndolo a continuación. Al intentar defenderlo, Schaffer también acabó zarandeado mientras pedía a gritos a los fotógrafos presentes que testimoniasen con su cámara la humillante escena que estaba sucediendo.[63]

El informe policial exponía que ambos técnicos habían insultado a los aficionados y, de propina, declararon los propios hinchas de Mali, N'Kono esparció unos «polvos mágicos» *(sic)* en el lugar que debían ocupar los jugadores del equipo contrario. Con anterioridad, y mucha casualidad, alguien encontró en el campo un grisgrís, es decir, una especie de amuleto protector que aportaba buena suerte ahuyentando espíritus malignos. Esposado y magullado, se llevaron al antiguo portero a la prisión provincial.

Al enterarse de lo ocurrido, la selección del Camerún se negó a jugar. Ante los temores de que se generase un escándalo por todo lo alto, la Confederación Africana de Fútbol (CAF) se empleó a fondo tratando de encontrar una solución diplomática al conflicto. Schaffer regresaría al banquillo para dirigir al equipo, dejando a N'Kono en la cárcel, desde donde siguió el desarrollo del partido. A la postre, Camerún se impuso por 3 a 0, y, posteriormente, ganó la final por penaltis ante Senegal.

A falta de pruebas tangibles, se le liberó a las pocas horas, con la condición de que nunca más regresara a Mali, pero acompañado (eso sí) por las disculpas que le brindó el Primer Ministro del país. Asimismo, la CAF inhabilitó a N'Kono por espacio de un año a fin

62. Otras fuentes sostienen que fue el 26 de marzo.

63. Las fotos evidenciaron que al agredido se le golpeó repetidamente con las porras y encima le bajaron los pantalones hasta los tobillos para impedir que huyera, arrojándole por una escalera de servicio.

de combatir nuevas suspicacias, lo que obligó a cesarle en su cargo abandonándole a su suerte. Afortunadamente para él, el R. C. D. Espanyol le rehabilitó, contratándole en calidad de técnico entrenador de porteros.

«Me acusaron de hacer magia negra para eliminar a Mali en las semifinales; estábamos pisando el terreno mientras se jugaba el Nigeria-Senegal. Tenía los brazos cruzados, ¡juro que no llevaba ningún objeto en la mano!», manifestó ante la prensa. Por desgracia, su mala fama de brujo aún persiste. Y persistirá.

Para bien o para mal, en los últimos tiempos Camerún se ha convertido en una cantera de campeones, y la siguiente historia guarda relación con otra figura remarcable: el delantero Samuel Eto'o. ¿Qué tendrían en común un futbolista de origen africano y el faraón Tutankhamon? Por estrambótico que parezca, existe un nexo que les une. Y, además, con maldición incluida.

Oriundo de Nkongsamba, en el litoral, este camerunés nacido en 1981 y hoy nacionalizado español ocupa la posición número 17 de los mayores goleadores de la Liga Nacional de Fútbol Española. Paralelamente, es el noveno máximo anotador en el palmarés del F. C. Barcelona, el primero del R. C. D. Mallorca y ha ganado en cuatro ocasiones el premio al mejor jugador de África. En su palmarés también figura su participación en siete torneos futbolísticos diferentes y, por supuesto, es el líder de los goleadores de la selección nacional del Camerún.

Desde su debut en 1996 con el C. D. Leganés y el Real Madrid-Castilla, inició una carrera meteórica que le condujo a jugar con los grandes clubs de Europa, como el Inter de Milán, el Chelsea o el Real Madrid. Pero sus coqueteos con lo paranormal no derivaron hacia ninguna maldición procedente de algún presidente rival, sino por la decisión que tomó durante su periplo italiano de adquirir una preciosa mansión situada en el golfo de Portofino, entre Nápoles y Salerno, llamada Villa Altachiara.

Bautizada con ese nombre por George Edward Herbert, barón de Porchester de Highclere, quien tradujo su título al italiano (Altaclara) para nombrarla una vez construida en 1874, bajo el mandato de su padre, Henry Herbert IV conde de Carnavon. La salud de Porchy, como le apodaban sus amistades, era muy precaria. Los médicos le aconsejaron a Lord Carnavon que, para cuidar la salud de su hijo, se mudase a un lugar con aires más saludables que los que se respiraban en Gran Bretaña, de modo que ordenó la construcción del enclave en un terreno sobre una loma ocupando 30 km^2. Hoy por hoy, cuenta con una piscina, jardines, invernáculo, treinta habitaciones y un helipuerto.

Una vez instalados allí, Carnavon tampoco pasó demasiadas temporadas disfrutando del enclave. Atraído por la egiptología, patrocinó expedición tras expedición en busca de las maravillas faraónicas hasta que, en 1922, él y Howard Carter hallaron la tumba perdida de Tutankhamon. Entretanto, dos de sus sobrinos habían perdido la vida en Villa Altachiara. El primero, tras caer por unas escaleras, y el segundo, al tropezar por el borde del acantilado, estrellándose contra el mar. La celebérrima maldición del faraón hizo el resto: Lord Carnavon pereció a consecuencia de la picadura de un insecto.

Con tales antecedentes, su mujer decidió vender la finca al conde Corrado Agusta, y regresar al Reino Unido. A los pocos meses, el citado noble falleció a resultas de un infarto. Durante los decenios siguientes, nos narran las crónicas, nada de particular sucedió exceptuando el fallecimiento por sorpresa de su hijo, heredando el conjunto su viuda, la condesa Francesca Vaca Agusta. Antigua modelo, llevaba una vida despreocupada, hasta el 8 de enero del 2001, fecha en que desapareció.

De acuerdo con el testimonio de su acompañante, el *playboy* mexicano Tirso Rosario y su amiga la esteticien Susanna Torreta, a las 19:30 avisó de que iba a darse un chapuzón, detalle que les extrañó dada la hora. Más raro aún, llevaba puestas unas gafas de sol. Trascurrido un buen rato, la falta de señales de vida les indujo a buscarla con ayuda del servicio, sin éxito. Entonces llamaron a la policía, quien se personó en la mansión efectuando un somero reconocimiento. Únicamente se localizaron unas chinelas cerca de una rama rota y ensangrentada, pero ni rastro del cuerpo.

Días después, un equipo de submarinistas localizó delante del acantilado, a 18 metros de profundidad, las gafas de sol y la bata de baño, con un largo corte en la espalda. De nuevo, su cuerpo brillaba por su ausencia. A las tres semanas, la *gendarmerie* de Saint-Tropez, a 400 km, encontró sus restos mortales flotando entre dos aguas cerca de esta población. A pesar de estar irreconocible, la identificaron gracias a su placa dental y a dos anillos familiares que todavía llevaba en su mano derecha.

El dictamen oficial resumió el caso como un accidente, aunque sigue sin aclararse qué hacía su cuerpo tan lejos del lugar de la caída. El informe forense dictaminó la ausencia de cortes en la espalda o de armas blancas; tampoco había agua en sus pulmones ni rastros de alcohol o drogas. El caso dio otro giro de tuerca al saberse que había redactado un nuevo testamento, aunque no apareció por ninguna parte. El valor líquido de su fortuna se tasaba en quinientos millones de dólares, con varias propiedades en México y Nueva York. El enfoque policial se concentró entonces en el amante y la amiga, los últimos en ver a la condesa con vida.

Las pesquisas tampoco aportaron resultados, pues al señor Rosario lo encontraron muerto de un ataque al corazón en la misma casa. La *signora* Torreta, en cambio, acabó detenida por fraude fiscal, aunque también falleció por sorpresa en una reyerta que estalló en el centro penitenciario donde permanecía recluida. La conclusión final sobre Francesca Vaca Agusta es que se suicidó. Pero tan truculentos antecedentes, con la maldición faraónica de por medio, ni por asomo espantaron a Samuel Eto'o, quien mostró su interés por adquirir el inmueble en 2017, quizás pensando en una operación especulativa.

El jugador pactó el desembolso de treinta millones de dólares por la compra de Villa Altachiara con los agentes de la propiedad. Al día siguiente, tras pasar allí la noche, se echó atrás anulando la operación. ¿El motivo? Había demasiados fantasmas paseándose por la propiedad, le explicó al representante de la agencia inmobiliaria.[64] Con un litigio judicial entre los descendientes de la condesa y el fisco italiano, hoy en día la casa permanece deshabitada a la espera de un audaz, aunque improbable, comprador. Por su parte, desde el 11 de diciembre de 2021, Eto'o es presidente de la Federación Camerunesa de Fútbol, lo que lo ha llevado a residir de vuelta en tierras africanas.

64. Disponible en: *https://www.clarin.com/viste/millonaria-villa-italiana-pesa-maldicion-tutankamon_0_XpqsC50A2O.html*

Pero regresemos a la competición pura y dura. La mencionada prohibición de efectuar cualquier tipo de magia en la XXIII Edición de la Copa de Africana de Naciones del 2002, aludida en los párrafos precedentes, ¿de dónde procede? Para averiguarlo, deberíamos efectuar otro salto temporal y remontarnos a octubre de 1998, momento en que los equipos congoleños de Bena Tshadi (local) y Basanga (visitante) se veían las caras para disputarse el liderazgo de la liga nacional de fútbol.

El día no acompañaba en aquella región de Kasai, amenazaba tormenta. Y, por si fuese poco, el partido se jugaba en plena guerra civil. Esa trágica circunstancia, no obstante, hacía esperar que la animosidad entre los aficionados de ambas formaciones se viese un poco mitigada, en tanto que había cosas peores por las que preocuparse. Con un cielo nublado, la primera parte acabó con empate a un gol, reiniciándose la segunda mitad en el instante en que empezó a llover copiosamente. El conjunto del Bena Tshadi salió primero al terreno de juego, seguido de los jugadores del Basanga, pero, a escasos minutos del inicio, un rayo cayó sobre las gradas, produciendo un destello sobre el césped. Ante la perplejidad del público, los locales caían electrocutados sobre la hierba del campo mientras los futbolistas del Basanga permanecían indemnes.

Treinta espectadores del graderío también resultaron heridos por la descarga, aunque de menor gravedad. El caos se apoderó del estadio por unos instantes, sin que nadie supiera lo que estaba pasando. Los servicios de emergencia intentaron en vano actuar para rescatar a los afectados, ante la estupefacción de los jugadores rivales y los árbitros, quienes aún seguían en pie. En menos que canta un gallo, los once miembros del Bena Tshadi —de atletas de entre veinte y treinta y cinco años— habían sucumbido por la descarga.

La Agencia de Prensa Congoleña y el diario local *L'Avenir*, de Kinshasa, dieron cuenta de lo sucedido, destacando el vivido contraste entre los fallecidos y los supervivientes.[65] De inmediato, las rencillas entre los hinchas rivales estallaron, generándose una bata-

65. Disponible en: *https://www.debate.com.mx/mundo/Bena-Tshadi-el-equipo-de-futbol-que-murio-en-la-cancha-luego-de-que-un-rayo-los-sorprendiera-20210802-0055.html*

lla campal con mutuas acusaciones de brujería. Unos cuantos días atrás se había producido un suceso similar en un partido celebrado en Sudáfrica, entre el Moroka Swallows y el Cosmos, pero sin lamentar desgracias personales.

Con los temores ancestrales desatados, las denuncias por encantamientos, nigromancia, invocación de espíritus y demás prácticas esotéricas colapsaron las comisarías de policía. Ante el dramático giro de los acontecimientos, la Federación de Fútbol Congoleña se apresuró a emitir un comunicado donde se reiteró que la causa de la muerte de los jugadores se debió a los tacos de aluminio que usaban en sus botas deportivas, facilitando la descarga eléctrica. El equipo contrario, en cambio, usaban tacos de plástico, lo que impidió el contacto con el césped.

De paso, se recomendó, además, la retirada inmediata de los tacos metálicos de las botas, sustituyéndolos por otros de material no conductible, junto a la obligatoriedad de colocar pararrayos en los estadios. Lejos de aplacar las quejas, sin embargo, los aficionados insistieron en que tales medidas solo pretendían ocultar el uso masivo de magia negra en los campos de juego. A la postre, la mismísima Confederación Africana de Fútbol se vio obligada a intervenir, instituyendo la prohibición de las artes arcanas en el juego.

El vudú entra en juego

Hasta ahora se ha aludido a casos muy puntuales donde el —presunto— empleo de la magia quedaba limitado a actuaciones concretas con una mínima extensión temporal. El próximo paso adelante, siguiendo una tarea que desafía toda racionalidad, residiría en ampliar el radio de acción de esas malas artes prescindiendo de su fecha de caducidad, dañando no ya a un único rival sino al resto de los contendientes. Un paradigma de tan siniestra situación se resumiría en Haití y su propia selección nacional de fútbol, generando en 1974 un incidente agravado por la polémica que desencadenó.

Como país isleño afincado en el mar Caribe que comparte el territorio antaño conocido como La Hispaniola con la República Dominicana, la historia de Haití viene marcada por el sufrimiento y la violencia. Durante la dominación francesa, el tráfico de esclavos desde África para trabajar los campos supuso una actividad lucrativa que enriqueció sobremanera a terratenientes y negreros. Arrancados por la fuerza de su tierra natal, se llevaron consigo sus creencias animistas, como la invocación a los muertos o a demonios, indistintamente.

De la fusión entre aquellas creencias y la religión surgió el llamado vudú. Profundamente arraigado en la psique popular, esta práctica mágicorreligiosa adoptó un panteón sincrético de entidades a las que invocaba en sus prácticas oscuras, entre las que se cuentan la necromancia y los rituales de magia negra. A nivel legal, la jurisprudencia haitiana guarda el conocimiento de numerosos casos de asesinatos cometidos en plena ceremonia, actos de canibalismo e incluso situaciones donde la víctima es envenenada con una toxina que hace que pierda su fuerza de voluntad y se convierta en un zombi.

Todos los estamentos de la sociedad haitiana son permeables al vudú y, por supuesto, el deporte no es una excepción.

La nación más pobre y depauperada del continente americano logró acceder a la X Edición del Mundial de Fútbol, celebrado en Alemania.[66] Los esfuerzos del dictador François Duvallier, el amo absoluto del país desde 1957, por actualizar el país habían dado sus frutos, y su férreo gobierno asistió a la eliminación de México, Honduras, Guatemala, Trinidad y Tobago y las Antillas Holandesas en las fases preliminares del campeonato. Y el azar quiso que Haití formara parte del cuarto grupo de la fase final, junto a Australia, Suecia y Zaire (hoy República Del Congo).

La eliminación del equipo mexicano (coloquialmente conocido como el Tri), presente en las seis anteriores convocatorias, levantó inmediatas sospechas entre los aficionados. La revista *Soccermania* mencionó sin rodeos la posibilidad que la formación fuese víctima de algún malsano sortilegio, citando de forma explícita el vudú.[67] La derrota del combinado azteca se produjo en la isla, donde los propios

66. En aquella época, la República Federal de Alemania. Se dio el caso de que se jugó una eliminatoria entre la Alemania Federal y la Democrática, controlada por la Unión Soviética.

67. Disponible en: *https://www.goal.com/es/noticias/como-haiti-vudu-seleccion-mexicana/ivmq9c4zow5s100truibucv7m*

jugadores aseguraban que flotaba un mal ambiente: así aterrizaron, delante de ellos se efectuó una ceremonia santera; además, los hinchas haitianos acudían a sus entrenamientos gritándoles y sacrificando animales en su presencia.

Luego, se sumaron accidentes absurdos, lesiones inexplicables, borracheras y arbitrajes tendenciosos, contribuyendo a alimentar aquella acusación. Por contra, la prensa deportiva dictaminó que todo aquello eran excusas que intentaban justificar el pésimo rendimiento del Tri. No obstante, las habladurías persistieron al insinuarse también que el vudú tuvo mucho que ver en aquel éxito futbolístico haitiano, y mucho más. El dictador Papa «Doc Duvallier» había fallecido pocos años antes, pero su hijo Jean-Claude «Bebé Doc» heredó la presidencia, se aseguraba, auxiliado por la magia negra.

Cualquier comentario acerca de la utilización del vudú para acelerar un traspaso de poder fue rápida y sangrientamente reprimido por la guardia personal de «Bebé Doc», los temidos *tonton-macutes*. De nuevo, se rumoreó que en la sede del gobierno se prestaba más atención a la referida arte mágica que a la balanza de pagos o al estado de las carreteras. Aquel era el panorama con el que la selección de Haití viajó a Alemania, donde el rendimiento del conjunto en el Mundial resultó poco menos que penoso, tal como reflejan las estadísticas.[68] Los haitianos solo marcaron dos goles, ambos del delantero Emmanuel Sanon, contra Italia y Argentina respectivamente. El tercer partido, jugado contra la selección polaca, lo perdieron por 7 a 0, lo que les supuso la eliminación. Entretanto, los controles antidopaje encontraban restos de efedrina en la orina del delantero Ernst Jean-Joseph. Dicha sustancia permite aumentar la resistencia y el rendimiento deportivo, motivando que esté prohibida en las competiciones. Fue el primer caso de *dopping* en la historia del Mundial de Fútbol.

El veredicto del comité médico fue la expulsión inmediata del torneo, a pesar de las protestas del afectado, quien aseguró que empleaba el medicamento para tratar el asma por prescripción médica. El médico de la selección, Dr. Patrick Hugeaux, lo desmintió con rotundidad, alcanzando la cuestión tintes más truculentos. Temiendo las

68. Disponible en: *https://es.wikipedia.org/wiki/Copa_Mundial_de_F%C3%BAtbol_de_1974*

represalias de «Bebé Doc», pidió asilo político a las autoridades germánicas, pero desapareció misteriosamente sin dejar rastro antes de completarse los trámites. Se cree que lo raptaron los *tonton-macutes*, a falta de otras evidencias más tangibles.

El desenlace final contra Polonia provocó que saliera a la luz el siguiente acto de este drama: se acusó a la Federación Haitiana de Fútbol de contratar los servicios de un sacerdote de vudú para amañar el resultado. Interrogado, este declaró que hechizó una de las porterías, pero que intervino en la portería equivocada.[69] Habida cuenta que a los pocos días también «desapareció», tan solo podemos especular acerca de su destino.

69. Disponible en: *https://www.colombia.com/tecnologia/paranormal/paranormales-maldicion-haiti-316940*

IV
MALDICIONES AL MARGEN...

RAPEROS, *SELFIES*, APUESTAS... Y DERROTAS

La fortuna o la desgracia emanada del efecto de una maldición aplicada al ámbito deportivo también se circunscribe a otros aspectos relacionados con la competición, externos a lo que *stricto sensu* podríamos considerar la práctica deportiva. Sin ir más lejos, el mundo de las apuestas.

Particularmente temidas son aquellas donde está involucrado el rapero, actor, productor y compositor canadiense Audrey Drake Graham, ganador de cuatro premios Grammy y el primero en alcanzar los cincuenta millones millones de reproducciones en Spotify. Nacido el 24 de octubre de 1986, Drake (como prefiere que le llamen) posee una maldición peculiar, aunque no muy alejada de su actividad musical. Y es que, cada vez que posa junto a un deportista, este o su equipo pierden en la siguiente confrontación, algo que se detectó desde las redes sociales. Desde el 2013, tanto da la especialidad donde participe el atleta, ya que invariablemente le espera la derrota. Así lo padecieron los jugadores del equipo de los Kentucky Wildcats contra Wisconsin, en la Liga de Baloncesto Universitario celebrada aquel año; o los Miami Heat, que cayeron contra los San Antonio Spurs en la NBA. El gafe de Drake lo abarca todo, como señalaba el tuitero @GarrettStepien, un especialista en seguir maldiciones deportivas.[70]

70. Disponible en: *https://as.com/tikitakas/sigue-la-maldicion-de-drake-n/*

Quien habla de equipos, habla también de deportistas individuales. En el 2015, una foto con la célebre tenista Serena Williams antes de su partido en la Grand Slam de Indian Wells (California) contra Roberta Vinci precedió a una sonada derrota cuando la norteamericana lo tenía todo a favor. Otro tanto sucedió dos años después, cuando el boxeador Connor McGregor besó la lona en su combate de UFC contra el luchador Khabib Nurmagomedov, una derrota que, a la postre, inició una viciosa rivalidad con incidentes no menos bochornosos.[71]

Peor todavía lo pasarían los equipos de fútbol cuyos jugadores salieron en la foto con el rapero: se ha documentado que Borussia Dortmund, PSV Eindhoven, Arsenal o el Manchester United padecieron un resultado similar ante sus oponentes. Con el pánico en sus miradas, los directivos de la selección canadiense de balompié fueron testigos en el 2020 de una imagen compartida en Instagram en la que su mediocampista Alphonse Davis, al inicio del Mundial de Fútbol del 2020 en Qatar, aparecía con el músico. Drake llevaba puesta la camiseta del equipo, animándolos a ganar en el primer partido que disputaban. Y, por supuesto, los canadienses perdieron contra Bélgica, tras un solitario gol anotado a los cuarenta y cuatro minutos de juego por el delantero Mitchy Batshuayi. Y encima, acudieron al terreno de juego al son de la canción «Started from the Bottom» (Empieza desde el fondo), compuesta precisamente por el citado rapero. Por si hacerse un *selfie* con una celebridad deportiva no bastara, la segunda parte de su maldición conlleva enojosos efectos pecuniarios. Drake es un habitual en los circuitos de apuestas que gana y pierde dinero a raudales, y los apostantes que se consideran damnificados por este gafe ya conforman una lista de respetable tamaño.

Bien lo supieron en su momento los mencionados Serena Williams y Connor McGregor, a los que les hizo poquísima gracia enterarse de que, aparte de la foto maldita, Drake había apostado grandes cantidades por ellos en esos encuentros de los que salieron derrotados. Lo mismo sucedió con el luchador de la UFC Kamaru

71. Disponible en: *https://us.marca.com/ufc/2022/04/01/623246a1e2704e06b48b45ed.html*

Usman, a quien muy poco le faltó para abandonar el *ring* por una lesión en una disputa en la cual Drake, previamente, había apostado por él. Por suerte, al menos no se produjo la consabida foto.

Una historia bastante parecida la podría contar el también luchador y *youtuber* Logan Paul, quien a finales del 2023 se enfrentó en un *match* pugilístico contra Dillon Danis en el Manchester Arena. Conviene advertir que había auténtica animadversión entre ambos contendientes. La pelea iba bien para Paul, hasta que su contrincante le aplicó un golpe ilegal que lo dejó malparado entre las cuerdas. Aprovechando la coyuntura, Danis lo anudó con la intención de asfixiarlo, haciéndole una guillotina, en jerga profesional. Pero la víctima se rehízo zafándose de la trampa, y, ya puestos, le devolvió el gesto mediante un potente golpe —también ilegal— que le envió al extremo contrario del cuadrilátero. A partir de aquel instante, los ánimos se encolerizaron y la liza tuvo que interrumpirse con ayuda de los agentes de seguridad del evento.

Pese a la polémica generada, los árbitros le concedieron la victoria a Logan Paul por puntos, ante la desesperación del rapero Drake. Había apostado ochocientos cincuenta mil dólares en una casa de apuestas a que derrotaría a Danis por *KO* técnico, cosa que no sucedió. Se dice que, en total, perdió algo más de un millón de dólares en la operación, si bien en este caso la maldición quedó conjurada para el *youtuber* peleador. Fue una excepción que confirmó la regla, debería clarificarse, a tenor de la anécdota referida a continuación, sucedida en octubre del 2022.

Por algún capricho del *marketing*, desde la web del F. C. Barcelona (fcbarcelona.cat) se anunció que el equipo blaugrana luciría el logo del rapero canadiense —un búho— en el clásico Barça-Real Madrid del día 16 de octubre de 2023. El club informó de que la acción se enmarcaba en el *partnership* común, incluyendo actividades para «ofrecer experiencias innovadoras a los fans del fútbol y llegar a nuevos públicos a través de la música». Entre las mismas, que Drake se jugara ochocientos mil dólares apostando por la victoria blaugrana y, por supuesto, se dejase fotografiar con toda la plantilla, incluyendo al entrenador, Xavi Hernández, quien no pudo evitar un cierto atisbo de preocupación.

Paralelamente, los voceros blaugranas se sumaron al acto anunciando que la camiseta especial con el búho la lucirían sus jugadores durante el precalentamiento previo al partido. La prensa madridista, sorprendida, se preguntaba: ¿jugará el Barcelona contra el Madrid con un gafe en su camiseta?[72] No importó nada. El conjunto merengue ganó por 3 a 1 el encuentro, con Drake perdiendo de nuevo su apuesta y el entorno inmediato al estadio Santiago Bernabéu bromeando a raíz de lo ocurrido.

El caso de este rapero en absoluto supone una rareza dentro de tan controvertido ambiente musical. A Drake, propiamente, también le han lanzado una maldición, o eso parece, relacionada con otro músico rival, el no menos conflictivo Eminem.[73] Y, a su vez, alguien tan pendenciero y provocador para nada dejaría escapar su oportunidad para disponer de un maleficio propio en el estamento deportivo. *Hits* irreverentes del tipo «Killshot», «Rap God» o el socorrido tema «Lose Yourself» conforman buena parte de ese infortunio, siempre preponderando el escándalo.

En síntesis, Marshall Bruce Mathers III (de nombre artístico Eminem) tiene en su haber la popularización del *hip hop* entre las clases pudientes de los EE. UU., pese al antagonismo despertado entre los raperos negros. Por el contrario, y lo que nos interesa, es la presunta correlación entre sus melodías y los luchadores adscritos a la otrora citada UFC, un consorcio que organiza combates a nivel global. La tradición establecida dicta que, tras las introducciones de cada luchador, se escucha un tema musical que les acompaña hasta subirse al *ring*.

Las canciones de entrada, así se las denomina, son escogidas según los gustos de cada contendiente, que suelen preferir temas que muestren gran agresividad. Raperos del tipo 50 Cent o Machine Gun Kelly, o similares, se encuentran entre los preferidos de los peleadores, aunque tampoco faltan quienes recurren a grupos *indie*, como Men At Work o Faithless. Tal como advirtió un colaborador en los foros sociales de la UFC, aquellos participantes que incluían temas de Emi-

72. Disponible en: *https://www.marca.com/futbol/barcelona/2022/10/14/634927c122601d352a8b45b4.html*

73. Disponible en: *https://www.youtube.com/watch?v=E1zkIYCHq6M&ab_channel=DoggsHipHop*

nem en sus presentaciones previas a los combates perdían con mayor frecuencia. O esa fue la impresión.

A efectos estadísticos netos, un informe efectuado en el 2016 dictaminó que los competidores perdían el 45% de las peleas[74] si dejaban sonar los temas del rapero. El autor del estudio, conocido por «jei» y miembro del portal Sherdog.com, dedicado a los combates de artes marciales, empezó a examinar esta relación a partir del 5 de febrero del 2005, fecha en la cual el luchador André Muñiz saltó a la cancha del UFC Fight Night 164, celebrado en Brasil, al ritmo de «Lose Yourself». Su oponente, Antonio Arroyo, lo barrió del mapa. Los cálculos concluyeron en noviembre del 2019, habiendo examinado hasta 189 peleas.

Desde Internet, jei exponía sus pesquisas y *modus operandi*: «Diseñé una base de datos donde correlacionaba los combates registrados de la UFC con la música de entrada y el resultado», aseveraba. «En el 2012, programé una versión mejorada reuniendo más datos; quería poner a prueba la maldición de Eminem». El recuento total se tradujo en noventa y ocho combates ganados por ochenta y seis derrotas, tres empates y un par declarados nulos. Resumiendo, la estadística no permitía confirmar la existencia de la maldición. Al contrario, la desmentía, aunque, a partir de entonces, numerosos aspirantes empezaron a pensárselo dos veces antes de incorporar sus temas.

¿PUEDE UN VIDEOJUEGO GAFAR A UN DEPORTISTA?

De talante más discreto, la maldición Madden se concreta en el mundo del fútbol profesional norteamericano, pero en una colateral pintoresca: los videojuegos. EA Sports, una división de Electronic Arts dedicada al desarrollo y distribución de simulaciones deportivas, ofrece productos como el FIFA Manager o Super Mega Baseball, donde el jugador gestiona diversos equipos para competir contra formaciones rivales controladas por el ordenador. Las propuestas van

74. Disponible en: *https://www.sopitas.com/musica/maldicion-eminem-teoria-supuestamente-afecta-peleadores-ufc/*

desde encuentros futbolísticos hasta partidos de básquet, pasando por combates pugilísticos, carreras de Fórmula 1, etc.

A fin de generar un ambiente más inmersivo en el juego, los programadores incluyeron comentarios por parte de periodistas y jugadores retirados, imitando a los *match* televisivos de mayor audiencia. En el caso que nos ocupa, el *Madden NFL* permite al usuario disputar encuentro de fútbol americano en la pantalla doméstica mientras escuchan las impresiones que desde 1999 efectuaba en las principales cadenas norteamericanas el antiguo entrenador y estrella de la NFL John Madden que, entre otros éxitos, dirigió a los Oakland Raiders, que salieron campeones de la Super Bowl de 1977.

Dada su popularidad, EA Sports lo escogió para figurar en la portada de la primera edición del juego, aparte de brindar comentarios de cosecha propia en las partidas virtuales, alternados con los comentarios de otros expertos. Pues bien, quienes creen en esta maldición sostienen que los jugadores retratados en las portadas de las versiones posteriores eran luego víctimas de lesiones, accidentes o, lo más penoso, sus carreras deportivas se iban al traste. Cuatro de cada cinco profesionales que figuraban en las imágenes padecieron lo que la prensa dio a conocer como la «maldición de la portada».

La lista negra de afectados se inauguró con Garrison Hearst, de los San Francisco 49ers, el primero que figuró en la portada de 1999, y que acabó por romperse el peroné jugando contra los Atlanta Falcons. El *quarterback* Daunte Culpepper, el siguiente en aparecer, se perdió cinco partidos con su equipo, los Minnesota Vikings, por una lesión en la rodilla dos años después. Ya en el 2006, otro *quarterback* encuadrado en los Philadelphia Eagles, Donovan McNabb, tuvo una hernia de la que acabó operado mientras el equipo quedó de último en la Liga Nacional.

Por su parte, Shaun Alexander, atacante de los Seattle Seahwaks, se lesionó un pie en la liga del 2007 y no pudo seguir jugando. Algo parecido sucedió ese mismo año con Rob Gronskowsky, de los New England Patriots, quien sufrió una hernia discal que le incapacitó durante el resto de la temporada. Vince Young, un *quarterback* de los Tennesse Titans, perdió la titularidad en el 2008 al padecer una grave lesión en el brazo izquierdo. Dos temporadas después, Troy Polamalu, de los Pittsburg Steelers, se destrozó la rodilla y tuvo que abandonar esta actividad.

Una desgracia similar la experimentó en el 2012 Peyton Hillis tras fichar con los Indianapolis Colts: una doble fractura en la columna vertebral echó por tierra sus planes de jugar la temporada y acabó retirándose. No menos truculento, Adrian Peterson —hasta el 2021 jugador de los New Orleans Saints— se vio envuelto el 12 de septiembre del 2014 en un caso de abuso de menores relacionado con su hijo de cuatro años. Si bien la fiscalía no logró reunir suficientes pruebas para incriminarle, Adrian perdió la confianza del *manager* de su equipo y la NFL lo apartó para el resto de la temporada con pérdida de empleo y sueldo.

Vale la pena destacar que la biografía de Peterson constituye un no parar de tragedias familiares, hasta el extremo de que muchos comentaristas se han preguntado si realmente fue víctima de alguna maldición más potente.[75] A los ocho años, su hermano Brian murió atropellado por un conductor ebrio. Diez meses después, mataron a tiros a su hermanastro Chris, un trauma que se agravó cuando a su padre lo detuvieron por blanqueo de divisas relacionado con el narcotráfico. El 11 de octubre del 2013, su hijo menor, de apenas dos años, fue asesinado por el novio de su madre.

En la actualidad, Adrian Peterson ha reconstruido su vida, probando suerte en el mundo de la farándula. Por el momento, se dejó ver en la primera edición del programa *Dancing with The Stars* (la versión norteamericana del conocido *Bailando con las estrellas*). Peterson y una bailarina profesional ejecutaron un número de salsa caribeña con acordes de la canción «Yeah!», un tema compuesto por el cantante Usher. Curiosamente, este artista fue confirmado para su participación ese año en el *show* que la Super Bowl patrocina durante el tiempo de descanso.

Retomando el hilo de la maldición de Madden, debe recalcarse que en casos muy esporádicos ha logrado revertirse. Por ejemplo, en la edición del 2018 los *catchers* o receptores Calvin Johnson y Antonio *Megatrón* Brown, respectivamente de los Detroit Lions y los Tampa

75. Disponible en: *https://www.gq.com.mx/deportes/articulo/la-maldicion-madden-los-jugadores-de-la-nfl-no-quieren-la-portada*

Bay Buccaners, acabaron con sus equipos en las principales posiciones de la clasificación. Brown, sin embargo, no terminó tan bien en las temporadas posteriores. Todavía no se sabe a ciencia cierta por qué el 2 de enero de 2022 abandonó el terreno de juego cuando su equipo se enfrentaba a los New York Jets, sin dar explicaciones y dejando la competición al día siguiente.

Mejor suerte deparó el destino en la versión del videojuego aparecida en el 2020 con el *quarterback* de los Kansas City Chiefs, Patrick Mahomes. A pesar de acabar con una rodilla dislocada al poco de aparecer en el frontal del popular videojuego, superó el problema perdiéndose solo dos partidos, uno de los cuales concluyó en derrota. Con su presencia enfundado en la camiseta con el número 15, Mahomes decidió romper la maldición costara lo que costara. Y lo consiguió, contribuyendo a ganar diez partidos consecutivos para los Chiefs, dejando al equipo a un paso de acceder a la gran final. En el 2023, repitió la hazaña.

Olímpicos... y fulminados

Altius, citius, fortius... et plus damnatus.[76] El inmortal lema de los JJ. OO. adquiere un aire funesto si pensamos en la edición de 2012, que se disputó en Londres y sus alrededores. Con una gran presencia de música *pop* británica y un divertido *sketch* donde se parodiaba a James Bond y la reina Isabel II se interpretaba a ella misma,[77] la inauguración de las XXX Olimpiadas de la Era Moderna generó *a posteriori* un extraño maleficio: los *mass media* franceses llamaron «*La malediction olympique*» al fallecimiento en circunstancias anómalas de dieciocho atletas que tomaron parte en aquellos juegos. Una cifra, se teme, que podría aumentar.

Si se tiene en cuenta que 10.568 atletas participaron en el evento, al margen del personal técnico, de la seguridad y de los voluntarios,

76. En latín: «Más alto, más rápido, más fuerte... y más maldito».

77. Disponible en: *https://www.20minutos.es/noticia/4986621/0/condicion-puso-isabel-participar-james-bond-inauguracion-londres-2012/*

dieciocho personas muertas supondrían un porcentaje irrisorio sobre el total. Técnicos de la asesoría británica Global Sport Statistics estipularon que las tasas de mortalidad, por causas diversas, serían de 7,98 personas de cada mil. Esto es, se anticiparían unas trescientas treinta y tres muertes en un periodo de cuatro años.[78] Con todo, los fallecidos eran jóvenes, con un promedio de unos veintiséis años de edad en el momento de la muerte. Y no pocos de ellos sufrieron una muerte violenta.

Una incipiente señal de alarma se produjo el 9 de marzo de 2015, cuando la nadadora Camille Muffat (veintisiete años) y el boxeador Alexis Vastine (veintocho años), ambos franceses, murieron en Argentina al colisionar en el aire los dos helicópteros en los que cada uno viajaban. Habían decidido participar en un programa de supervivencia llamado *Dropped* (equivalente al *Aventura en Pelotas*, de DMAX), donde las celebridades son abandonadas a la intemperie y deben buscarse la vida en un entorno salvaje. La noticia causó gran conmoción en Francia, ya que en el incidente se detectaron contradicciones entre los testimonios de los sobrevivientes.

La hipótesis de la *malediction* cobró nuevo interés seis meses después, cuando el canal de televisión galo BFMTV informó de la muerte de Yuliya Balykina (veintinueve años), corredora bielorrusa participante en los 100 metros lisos y los 4x100 metros en relevos. La policía de Minsk encontró sus restos mortales envueltos en papel transparente en un bosque de las afueras. Tras su desaparición en septiembre, se consideró al novio —miembro de la mafia local— como principal sospechoso del homicidio, pero se le puso en libertad por falta de pruebas. El crimen, a día de hoy, continúa impune.

La lista de fallecidos apenas tardó en alargarse, al saberse que en diciembre de 2015 el futbolista hondureño Arnold Peralta (veintiséis años) pasó a mejor vida tras ser acribillado a balazos en plena calle. Los diarios locales no tardaron en asociar su muerte con la del olímpico guatemalteco Christian López Bobadilla (veintiocho años), cam-

78. Disponible en: *https://www.bbc.com/mundo/noticias/2016/04/160416_deportes_maldicion_juegos_olimpicos_londres_atletas_muertes_wbm*

peón de halterofilia. Había fallecido dos años antes, aquejado de una pulmonía. Los rastreos de la prensa especializada permitieron conocer que también en diciembre, pero del 2012, murió el luchador grecorromano de origen micronesio Keitani Graham (treinta y dos años) a causa de un infarto.

No tardaron en hacer acto de presencia de tan atípico obituario otros deportistas olímpicos, de mortandad tan dispar como inesperada. El ciclista sudafricano Burry Stander (veintiséis años) fue arrollado por un vehículo mientras se entrenaba en enero de 2013. La carretera también se llevó la vida del luchador ruso Besik Kudukhov (veintinueve años), víctima de un accidente de tránsito cerca de Arkavir, en la región del Cáucaso. En el listado tampoco faltan los suicidios, como los de de la judoca rusa Elena Ivashchenko (veintinueve años) y el boxeador australiano Billy Ward (veinte años), cuya carrera profesional era muy prometedora.

Sean tiroteados, víctimas de accidentes navales o enfermedades terminales, el recuento —por ahora— se ha quedado estancado en dieciocho deportistas. La última en fallecer fue la campeona de remo australiana Sarah Tait (treinta y tres años) a consecuencia de un súbito cáncer cervical que en el 2016 la mató en un tiempo récord. «Ella es la más reciente de una larga lista de atletas de élite que han muerto después de participar en los JJ. OO. de Londres», reseñaba el cronista de *Le Figaro* Gilles Festor en la edición del 5 de marzo de aquel año. Por orden alfabético, los fallecidos serían los siguientes:

- Elena Baltacha, Gran Bretaña, tenista (3 de mayo de 2014).
- Yuliya Balikyna, Bielorussia, atletismo (16 de octubre de 2015).
- Daundre Barnaby, Canadá, atletismo (27 de marzo 2015).
- Abdelrahman el-Trabily, Pakistán, luchador (4 de agosto de 2013).
- Keitani Graham, Micronesia, luchador (7 de diciembre de 2012).
- Elena Ivashchenko, Rusia, judoca (15 de junio de 2013).
- Besik Kudhukhov, Rusia, luchador (29 de noviembre de 2013).
- Christian López, Guatemala, levantador de peso (6 de noviembre de 2013)
- Trevor Moore, EE. UU., regatista (25 de junio de 2015).
- Camille Muffat, Francia, nadadora (9 de marzo de 2015).
- Jakkrit Panichpatikum, Tailandia, tirador (19 de octubre de 2013).

- Arnold Peralta, Honduras, futbolista (20 de diciembre de 2015).
- Andrew Simpson, Gran Bretaña, regatista (9 de mayo d 2013).
- Burry Stander, Sudáfrica, ciclista (3 de enero de 2013).
- Sarah Tait, Australia, remo (3 de marzo de 2016).
- Alexis Vastine, Francia, boxeador (9 de marzo de 2015).
- Laurent Vidal, Francia, atleta de triatlón (10 de noviembre del 2015).
- Billy Ward, Australia, boxeador (4 de agosto de 2013).

La maldición que Leo Messi logró regatear

Si se trata de maldiciones y atletas laureados, tampoco podemos dejar de hablar de algunos casos en los que, por prevención, por fortuna o por casualidad, los deportistas lograron esquivar los efectos negativos de una posible *maledictio*. Algo así le sucedió al gran astro argentino del balompié, el incomparable Lionel Andrés Messi Cuchittini, quien esquivó un maleficio oficioso. Y es que dice la estadística que el país para el que juega el ganador del Balón de Oro nunca consigue alzarse triunfador en el torneo Mundial de Fútbol que se celebre al año siguiente. Es la maldición —no escrita, ni mucho menos contrastada— que acompaña a este galardón.

Por el contrario, un futbolista a quien se le otorgue este premio previamente formará parte del futuro equipo que participe en el próximo Mundial de Fútbol, lo cual conforma la segunda parte de la maldición. El galardón, que se otorga cada año desde 1957, mantiene esta regla inusitada que ya cumplió su primer ganador, el también argentino Alfredo Di Stéfano, por aquel entonces miembro del Real Madrid. Al celebrarse el primer torneo al año siguiente en Suecia, el primer puesto fue para la selección brasileña, con los míticos Pelé y Garrincha en la delantera.

El añadido a tan singular postulado también se manifestó desde sus inicios. El italiano Óscar Sívori (Balón de Oro en 1961) participó en el Mundial de Chile, sin superar la primera fase. De nuevo, los brasileños volvieron a imponerse con Pelé capitaneando el equipo. La norma, sin embargo, estuvo a punto de romperse en varias ocasiones. Johan Cruyff, Michael Platini, Ronaldinho, Cristiano Ronaldo y el propio Messi en el 2012 casi consiguieron llegar a la final con sus formaciones estando vigente su reconocimiento como mejor jugador del planeta en la temporada anterior, pero el triunfo se les escapó de las manos. O, mejor dicho, de los pies.

Así estaba el asunto en el año 2021: a Leo Messi se le presentaba tal vez la última oportunidad de conducir a la selección argentina al título mundial y, tras una excelsa temporada en lo individual, tenía también todas las papeletas para obtener el Balón de Oro por octava vez en su carrera deportiva. Las componendas de la FIFA, en cambio, favorecieron al jugador francés Karim Benzema, quien se llevó el trofeo y, de rebote, fue convocado para la selección de su país en el controvertido Mundial de Qatar.

Fue una pena que Benzema se lesionara gravemente semanas antes de que se iniciara el campeonato, perdiéndose algunos partidos. Y Messi, en calidad de capitán de los albicelestes, los llevó al triunfo absoluto en aquel Mundial. El enésimo cambio en la normativa de la FIFA, que lo apartó del Balón de Oro en 2021 permitiendo que esquivase la maldición que pesa sobre sus ganadores, hizo que ganase el octavo en su palmarés personal en la edición de 2023.

Para establecer una comparativa final, en el siguiente esquema figuraría el año en que se jugó el Mundial comparándolo con los ganadores de este premio tan codiciado:

Año	**Ganador**	**País**	**País campeón del mundo**
1957	Alfredo Di Stéfano	España	Brasil (Suecia, 1958)
1961	Omar Sívori	Italia	Brasil (Chile, 1962)
1965	Eusebio	Portugal	Inglaterra (Inglaterra, 1966)
1969	Gianni Rivera	Italia	Brasil (México, 1970)
1973	Johan Cruyff	Países Bajos	Alemania (Alemania, 1974)
1977	Allan Simonsen	Dinamarca	Argentina (Argentina, 1978)
1981	Karl-Heinz Rummenige	Alemania	Italia (España, 1982)
1985	Michel Platini	Francia	Argentina (México, 1986)

AÑO	GANADOR	PAÍS	PAÍS CAMPEÓN DEL MUNDO
1989	Marco van Basten	Países Bajos	Alemania (Italia, 1990)
1993	Roberto Baggio	Italia	Brasil (EE. UU., 1994)
1997	Ronaldo	Brasil	Francia (Francia, 1998)
2001	Michael Owen	Inglaterra	Brasil (Corea-Japón, 2002)
2005	Ronaldinho	Brasil	Italia (Alemania, 2006)
2009	Lionel Messi	Argentina	España (Sudáfrica, 2010)
2013	Cristiano Ronaldo	Portugal	Alemania (Brasil, 2014)
2017	Cristiano Ronaldo	Portugal	Francia (Rusia, 2018)
2022	Karim Benzema	Francia	Argentina (Qatar, 2022)

V
MALDICIONES PUGILÍSTICAS

Pese a las nobles reglas del marqués de Queensberry, un mundo dominado por la rudeza y la violencia como el del boxeo ni mucho menos podría quedar exento de caer en el campo de la maldición. En mayor o menor medida, se han producido situaciones donde la mala suerte —por expresarlo suavemente— ha campado a sus anchas, para desesperación de sus víctimas, que se sintieron impotentes a la hora de esquivar el golpe.

Una de tales historias la protagonizó el púgil norteamericano Luther McCarthy el 24 de mayo de 1913 en su enfrentamiento contra el multicampeón Arthur Pelkey en el Tommy Burns Arena de Calgary (Canadá).

McCarthy, nacido en 1893, debutó en el mundo del boxeo a los dieciocho años, peleando contra el profesional Watt Adams, quien contaba con una amplia racha de victorias. En apenas dos asaltos, el joven aspirante despachó a su rival con un devastador gancho de izquierda, dejándolo noqueado sobre la lona. *Lute*, como lo apodaban sus seguidores, inició un ascenso espectacular tras aquel combate. Su falta de experiencia quedaba suplida, y de sobra, por su prominente físico: el púgil rondaba los dos metros de altura y tenía una pegada arrolladora. Otros siete combates más librados aquel mismo año acabaron con seis victorias por KO técnico y un empate; este último frente a una leyenda del boxeo, Joe Grimm, alias «Mandíbula de Acero». Durante dieciocho asaltos, ambos disputaron un combate épico en el que los dos contendientes se negaron a ceder ante su rival. Al final, el árbitro decretó el *match* nulo.

La misma tónica siguió durante el año siguiente, destrozando a sus rivales. Su *manager*, pensando en la categoría de los pesos pesados, pactó una pelea para que se enfrentase a otra máquina de matar, Arthur Pelkey, quien defendería el título. El lugar escogido fue el estadio canadiense antes mencionado, que en el día del combate registró un lleno absoluto: seis mil personas, entre ellas algunos de los boxeadores rivales y un párroco local que organizó una colecta para levantar una iglesia en la zona.

Se daban todos los ingredientes para una gran noche de boxeo. Pero, al poco de iniciarse el primer asalto, un ligero golpe propinado por Pelkey en el torso derecho de McCarthy provocó que este se sintiese repentinamente indispuesto, cayendo sin sentido en la lona. El árbitro, de inmediato, solicitó asistencia médica, la cual nada pudo hacer para salvar la vida de Lute, ante el horror de su contrincante, quien se responsabilizaba de lo sucedido. Una autopsia posterior reveló que padecía una lesión en el área coronaria que se había producido, sin que él lo supiese, días antes de la velada.

Tal vez esta pueda parecer una muerte razonable, pero lo cierto es que en los locales de apuestas muy pronto se habló de que, tal vez, McCarthy estuviese gafado por su rival o por quienes habían apostado en su contra o, más raro aún, fue que en el instante de su fallecimiento del techo saliese una luz que iluminó su cadáver durante unos instantes, causando perplejidad entre los asistentes. La única fotografía del suceso tampoco parece confirmar gran cosa de lo sucedido, e incluso se ha afirmado que era falsa, aunque los numerosos testimonios afirman justo lo contrario.

Pero ahí no acaba la cosa: en el día que siguió al trágico combate, un incendio súbito ocasionó que el Tommy Burns Arena se carbonizara hasta los cimientos, desconociéndose a día de hoy las causas del siniestro. Desde entonces, nadie se interesó por su restauración y el recinto quedo en el olvido.

Segundas partes no siempre fueron buenas

No todas las maldiciones que conocemos asociadas al boxeo terminaron de forma tan irremediable. Una de las maldiciones más comunes se centra en la trayectoria profesional del propio púgil. Y es que dice la historia, o la estadística, que no es buena idea regresar a los cuadriláteros después de haber decidido colgar los guantes. Tal vez esta circunstancia la vivió con especial amargura el boxeador Joe Louis (1914-1981), conocido como «El Bombardero de Detroit», quien durante doce años seguidos fue el campeón indiscutido en la categoría de los pesos pesados, derrotando a veintiún rivales, incluido el alemán Max Schmeling, el único que logró noquearle en 1935. Acuciado por las deudas y su adición a la cocaína, El bombardero de Detroit anunció su vuelta al cuadrilátero en 1951 para sufrir una monumental paliza a manos de Rocky Marciano, cayendo al octavo asalto por KO técnico. Tiempo después, Louis consiguió un empleo como relaciones públicas en el Caesar's Palace de Las Vegas, donde acabó sus días.

Un destino similar lo sufrió el también boxeador Cassius Clay (1942-2016), conocido como Muhammad Ali tras su conversión al islam. Prácticamente imbatido, en 1970 decidió retirarse después de un épico combate contra George Foreman. Ya con los primeros síntomas del mal de Parkinson, Ali decidió regresar al boxeo pocos años después, donde venció en catorce combates más hasta que en 1980 se enfrentó contra Larry Holmes, en el Caesar's Palace precisamente. Se dio la casualidad de que uno de los espectadores era el otrora citado Joe Louis, quien, al darse cuenta de su estado físico, le recomendó que no peleara. Arrogante y pendenciero como en sus primeros tiempos, Muhammad Ali desestimó el consejo para recibir minutos después una soberana paliza en el cuadrilátero, interrumpiéndose el combate en el cuarto asalto por parte del árbitro tras darse cuenta de que apenas se podía mantener en pie.

En cierto modo, la «venganza» de Muhammad Ali se consumó en 1988, justo en aquel mismo lugar. Larry Holmes defendía el título de campeón contra un jovencísimo Mike Tyson, y el ya envejecido Ali se dirigió al aspirante poco antes de empezar, diciéndole: «Acaba con él por mí». Tras una espectacular ronda de puñetazos, Holmes besó la lona en el cuarto asalto.

Algo semejante cabría añadir a propósito de la biografía del aludido Michael Gerald Tyson, nacido en 1966. Tras una serie de demoledoras victorias, el 26 de marzo de 1992 acabó encarcelado, acusado de violar a una modelo de dieciocho años. Sentenciado a diez años de prisión, solo cumplió la mitad de la condena por buena conducta, y pudo reanudar su carrera pugilística al salir de prisión. Pese a sus éxitos iniciales, perdió toda opción al título mundial de los pesos pesados ante Evander Holyfield. Un año después, durante el combate de revancha en 1997, Tyson le arrancó un pedazo de oreja a su oponente, siendo descalificado.

A partir de aquel momento, su carrera profesional fue en declive. A los treinta y cinco años libró su última liza ante Lennox Lewis, quien lo derrotó a conciencia. En el 2003, se declaró en bancarrota, y eso que había llegado a cobrar hasta 30 millones de dólares por una pelea. Desde entonces, no volvió a levantar cabeza.

El siguiente en la lista maldita sería el filipino Emmanuel Pacquiao, también conocido como Manny o *Pac-Man*. Vino al mundo a finales de 1978, en un entorno muy humilde desde el que irrumpió en los ambientes del boxeo en el 2001. Tuvo su gran oportunidad cuando el oponente previsto para un combate contra el célebre Óscar de la Hoya sufrió una inoportuna lesión y la promotora tuvo que buscarle un sustituto. El escogido fue Pac-Man, quien, para sorpresa de muchos, despachó al mexicano a tortazo limpio y en pocos asaltos, iniciando así una meteórica carrera.

Ocho años más tarde, el mexicano y el filipino volverían a pelear. Aquella revancha, por un lado, supuso el final definitivo de la carrera deportiva de Óscar de la Hoya, quien ya se había retirado con anterioridad, cumpliendo con la maldición. Por el otro, también fue el canto del cisne para Pacquiao, toda vez que su adversario —al parecer— le susurró al oído que sus días de gloria habían finalizado. Quizás influenciado por tan infaustas palabras, tras la revancha contra el azteca, la carrera pugilística de Pac-Man experimentó un desarrollo irregular a la baja, cambiando las peleas por el mundo del espectáculo. Tentado por el dinero, sin embargo, regresó al *ring* para pelear contra el cubano Yordenis Ugas. Manny no cayó por KO, pero sí perdió a puntos.

No obstante, el 5 de noviembre de 2016 Pacquiao regresó de nuevo al *ring* —quizás no tan acuciado por las deudas como por su pundonor— para luchar contra el campeón mundial de peso wélter Jessie Vargas, venciendo con contundencia. Una victoria paradójica (meses antes fue nombrado senador de la Cámara Alta del Congreso de las Filipinas). Ciertamente, un tipo muy distinto de combate donde los adversarios usan más la dialéctica, en lugar de los puños.

Suele afirmarse que una retirada a tiempo supone toda una victoria, en particular si además se sabe calibrar un balance de ganancias o pérdidas. El púgil Rocky Marciano (1923-1969) abandonó el *ring* invicto a los treinta y dos años con cuarenta y nueve peleas ganadas para dedicarse a los negocios. Un caso similar fue el del campeón olímpico André Ward, quien dejó de competir en el 2017, a los treinta y tres años, aunque con buenos dividendos en el banco y un prestigio que le abrió las puertas del sector deportivo. Ambos boxeadores constituyen raras excepciones en un mundo donde los cantos de sirena para volver a competir son la regla y en el que esos retornos estelares suelen acabar mal.

La maldición Versace

El infortunio del mundo pugilístico en absoluto se circunscribe a los combates como tal. El entorno inmediato de los boxeadores también depara historias curiosas, donde la malaventura se manifiesta en su viciosa plenitud. Un paradigma típico de esta situación es maldición Versace, según la cual una bata de peculiar diseño, obra del célebre modisto italiano, protagonizó no ya la desdicha de un campeón, sino de cinco: Connor McGregor, Jorge Masvidal, Tyson Fury, Israel Adesanya y Billy Joe Saunders.

Todos ellos optaron por lucir dicha prenda —el mismo modelo— para subirse al *ring*, con nefastas consecuencias. El irlandés McGregor fue el primero en llevarla, acabando con un KO técnico y una pierna rota. El siguiente fue el también luchador de artes marciales mixtas

Masvidal, sonoramente derrotado por su rival Kamaru Usman. Una suerte similar sufrió el británico B. J. Saunders al enfrentarse contra el mexicano Canelo Alvárez, que le destrozó un ojo y que a punto estuvo de arruinarle la carrera. Por su parte, el keniata Israel Adesanya perdió absurdamente por puntos en la defensa de su título del peso medio.

El destino de Tyson Luke Fury, en cambio, se vio marcado por las confabulaciones políticas cuando se le impidió combatir por Irlanda, pero sí por Reino Unido, en los JJ. OO. de Londres en el 2012. *A posteriori*, varios incidentes, entre ellos que diera positivo en un control antidopaje por cocaína, desacreditaron su trayectoria profesional hasta el punto de verse obligado a aceptar un duelo amistoso para un espectáculo televisivo patrocinado por la Liga Profesional de Lucha contra Braun Strowman, que concluyó con un intercambio masivo de golpes fuera del *ring*. Finalmente, Fury se retiró de la competición profesional en el 2022.

Boxeadores malditos

Cuando no interviene la mala pata, entra la acción la fatalidad en su vertiente más atroz. ¿Qué sucede cuando un boxeador es demasiado bueno y nadie quiere disputarle el título que ostenta? Esto le sucedió al ruso Dmitry Yuryevich Bivol, el rey en la categoría de los semipesados, tras vencer en combate sucesivamente a los mexicanos Saúl *Canelo* Álvarez y Gilberto *Zurdo* Ramírez, este último en noviembre del 2002. Su reiterada negativa a ofrecerle la revancha a Canelo motivó que de repente quedara borrado, pues nadie quiso retarlo a nuevos enfrentamientos en la lona.

Dependiendo de la fuente que se consulte, se cita que el entorno comercial que envuelve a Álvarez tuvo bastante que ver con aquella decisión, y que maldijo[79] a Bivol por rechazar el combate. También se aseguró que quienes peleaban contra Canelo, verdadero matadragones de los grandes campeones, como el antes referido Billy Joe Saunders o Caleb Plant, ya no volvían a despuntar en el *ring*. La versión

79. Disponible en: *https://www.infobae.com/mexico/2023/09/05/la-maldicion-que-dmitry-bivol-se echo-por-rechazar-revancha-con-canelo-alvarez/*

del propio Bivol, por el contrario, sostenía que era un problema de fechas: su oponente ya tenía pactados otros combates, lo mismo que él, y eso impidió concertar la revancha con éxito.

Y, mientras el aficionado aguarda un futuro match Bivol-Canelo, también valdría la pena mencionar a aquellos púgiles a quienes, simplemente, se les considera gafes independientemente de que sus contrincantes ganen o pierdan el *match*. El mejor representante de tan inusual categoría —la peor, según se mire— sería el excampeón mexicano de peso wélter Antonio Margarito Montiel (Tijuana, 1978), quien, durante década y media, clamó por un combate que le reportara «pingues beneficios», o eso asegura. Los rivales contra los que se ha enfrentado, en cambio, juran y perjuran que está maldito.

A los quince años debutó contra el campeón José Trujillo, derrotándolo con celeridad. Unos meses después repitió la hazaña al noquear al aspirante Víctor Angulo durante el segundo asalto, y, en pocas semanas, al campeón Víctor Lozoya. Si bien es cierto que perdió los dos combates siguientes, logró recuperarse y apalizar a las estrellas del *ring* de su misma categoría por el siguiente orden: Alfred Ankamah, Soberanes Juan, Sergio Gabriel Martínez, Buck Smith, David Kamau, Frankie Randall y, en especial, al astro mundial Daniel Santos.

La mala fama del «Tornado de Tijuana» (como lo apodaban) empezó justo en la disputa con este último, celebrada el 21 de julio del 2001 en el Coliseo Rubén Rodríguez, de Puerto Rico. Ambos contendientes, ya desde los primeros asaltos, se propinaron mutuamente una paliza de tal intensidad que se les llevó al hospital más cercano con graves daños en la cabeza y el torso. Los jueces declararon el combate nulo, aunque algunas semanas después se le concedió el título a Margarito, pues Santos renunció para pelear en una categoría superior. Fue una pésima decisión: las lesiones del anterior encuentro lo obligaron a abandonar la lona.

El siguiente rival de Margarito fue Antonio Díaz, quien le disputó la corona a pesar de que, meses atrás, hizo pública su decisión de retirarse. No tuvo ninguna opción ante el embate de su oponente, ni tampoco oportunidad alguna para recuperar su anterior fama (¡uno más que cumple con la maldición del boxeador retirado que regresa para perder!). Otro tanto sucedió con Danny Pérez y Andrew

Smith, que vieron cómo su trayectoria pugilista caía en picado. Los superwélter Maurice Bradley y Hércules Kyvelos siguieron un destino parecido, hasta que en 2003 surgió la oportunidad de la revancha con Daniel Santos, también retirado oficialmente. La pelea —muy encarnizada— acabó, de nuevo, en tablas.

A partir de entonces, las acusaciones de amañar los combates mediante vendajes no autorizados le obligaron a pasarse varios años sancionado, lo que repercutió en que el siguiente competidor de la lista, Joshua Clottey, no peleara contra él. Fue el único boxeador que no se sumó a la lista de los maldecidos, manteniendo una trayectoria deportiva tan seria como convincente. Al final, Margarito se retiró en el 2011, tras una sonora derrota a manos del filipino Pacquiao, para intentar regresar a la lona al poco tiempo (¡mala idea!) y caer vapuleado por Miguel Cotto.

LA MALA VIBRA DE LA ARENA DE MONTERREY

Claro que, para verdaderas maldiciones bíblicas en el mundo del *ring*, pocas igualarían a la que soportó el púgil mexicano Alejandro *La Cobrita* González. Campeón absoluto de peso ligero allá por los años noventa del pasado siglo, ni en sus peores pesadillas habría imaginado que perdería a sus seres más queridos al abandonar los combates en el 2003, con un récord de cuarenta y nueve victorias y treinta y tres KO técnicos. Tal vez influyera su adicción a la cocaína en la citada decisión, sustancia de la que era consumidor desde 1996, lo que frustró sus planes personales junto a los de su mánager.

La tragedia privada de La Cobrita empezó en el 2011, cuando su hermano y también boxeador Luis González Mariño murió a tiroteado en Zapopan, en el estado de Jalisco. La noche del 16 de enero se encontraba tomando unas copas en el bar Vida Divina mientras escuchaba el concierto de una banda local, el cual fue interrumpido por una pareja de pistoleros que dispararon contra los asistentes para después lanzar una granada. El arma homicida la encontraron unos meses más tarde en una redada policial contra el cubil de la pandilla La Resistencia, que formaba parte del temible cártel local.

De acuerdo con las pesquisas judiciales, dicho grupo criminal mantenía una rivalidad con los músicos, aunque otras fuentes aseguraron que el boxeador había iniciado un altercado previamente con otro espectador a causa de un lío amoroso. También se habló de que el propietario del bar se había negado a pagar el «impuesto de seguridad» que le exigía el líder de La Resistencia. De todas maneras, una cosa quedó muy clara en tan turbio asunto: el boxeador se encontraba en el lugar y momento equivocados cuando sucedió el altercado.

La desdicha volvió a castigar al púgil retirado en el 2016: su mujer fallecía a mediados de año víctima de un repentino cáncer, en tanto su hijo Alejandro González Jr. *La Cobrita II*, también boxeador, fue hallado muerto en el interior de una furgoneta muy cerca de su casa. De apenas veintitrés años, junto al mismo se hallaban los cuerpos de otras dos personas, al parecer parientes del finado, todos ellos cosidos a balazos. González Jr. empezó a pelear en el 2010, con un palmarés de veinticinco victorias, tres empates y tres derrotas. A su hermano Yahir lo mataron a tiros apenas a un par de kilómetros de distancia años más tarde, en 2022.

En abril del siguiente año, el hijo menor de La Cobrita II, igualmente dedicado al boxeo, falleció en extrañas circunstancias. Luis Fernando González Ochoa, *La Cobrita III*, regresaba de pasar sus vacaciones en EE. UU. para verse con sus parientes, alterando su trayecto en el último momento. La policía lo localizó muerto de un disparo al pie de la carretera que une Zapopan con Saltillo, en el mismo estado de Jalisco. Su carrera como pugilista apenas se había iniciado el 20 de marzo del 2021, en Puerto Vallarta, ya apuntando maneras para convertirse en una joven promesa de este deporte.

¿Qué originó tanta calamidad? El propio La Cobrita, a día de hoy, lo ignora, como admitió en el canal de Youtube *Un Round Más*.[80] Pero, al margen del parentesco familiar, varios periodistas mejicanos examinaron los pormenores de la maldición hasta encontrar un elemento común a tanta desgracia: la Arena de Monterrey, un lugar donde cada miembro de la familia González estuvo en algún momento de su

80. Disponible en: *https://www.youtube.com/watch?v=OImXGJc3NVc&ab_channel=NoPuedesJugarBoxeo*

carrera. Y no solo ellos, también otros boxeadores que fueron objeto de desgracias parecidas. Erik *El Terrible* Morales, Christian Mijares, Antonio Demarco o Johnny González (sin parentesco con La Cobrita) fueron algunos de los campeones damnificados.[81]

En la actualidad, sigue sin quedar demostrado qué tipo de embrujamiento ha poseído este estadio. Desde algunas cuentas en redes sociales, no obstante, se reportó en el 2012 la presencia de fantasmas paseándose entre las butacas o bien en las taquillas, ocasionando un cierto revuelo que la gerencia quiso acallar.[82] Con la pandemia del coronavirus, se cerró la instalación para reabrirla al final del confinamiento, aunque dedicada casi en exclusiva a conciertos.

La anécdota final de esta historia provendría del antes citado pugilista Erik Morales, a quien tentaron para defender su título de campeón en un lugar tan comprometido. A fin de evitar males mayores y confirmando la peculiar fama del recinto, su mánager Ignacio Huízar llegó a contemplar la posibilidad de contratar a un chamán para disolver tanta influencia maligna. «No descartamos traerlo para integrarlo en el equipo de trabajo de El Terrible y que pueda realizar una visita a la instalación», apostilló, «pero no hemos hablado demasiado del tema para darle la importancia debida. Tal vez se haga algo al respecto y se eliminen las malas vibraciones».

La saga de los Ibar

Para concluir este catálogo de situaciones tan poco edificantes quedarían por añadir las trágicas vicisitudes que rodearon al suicido del ídolo pugilístico José Manuel Ibar Azpiazu (1943-1992), mundialmente conocido como *Urtain*. Su apodo provenía del caserío y hogar del clan familiar en Cestona (Guipúzcoa). Allí creció a la sombra de su padre José, un campeón del levantamiento de piedras muy popular que falleció en 1960 a raíz de una apuesta personal en una taberna

81. Disponible en: *https://notifight.com/contenido/33796/la-maldicion-de-la-arena-monterrey*

82. Disponible en: *https://www.facebook.com/ArenaMonterreyOficial/photos/a.108695192515776/458993184152640/?type=3&locale=es_LA*

cercana. Fue también, se dice, el origen de la maldición que castiga a los Ibar.[83]

Aunque la familia nunca proporcionó detalles concretos de lo sucedido, el incidente podría resumirse así: tras ingerir una notoria cantidad de alcohol, José Ibar retó a la concurrencia a que saltaran sobre su propio estómago para demostrar su potente fortaleza física. Soportó el peso de catorce parroquianos, pero algo salió mal cuando el décimoquinto hizo lo propio, causándole la muerte. A partir de aquel punto, las versiones de lo que pasó a continuación difieren notablemente, si bien quedó patente que la tragedia marcaría la vida de sus descendientes, en particular si destacaban en cualquier actividad deportiva.

Hasta los dieciocho años el joven José Manuel trabajó de albañil y en una fragua optando por adentrarse en los deportes tradicionales vascos, sin destacar especialmente, justo lo contrario que su hermano Cándido. Su fama como *pelotari* en los principales frontones de Euskadi lo llevó a ser contratado a mediados de 1968 en los EE. UU., actuando en las instalaciones de Dalia Beach (Florida). A pesar de obtener buenos dividendos al retirarse, se arruinó con un restaurante que montó mientras se divorciaba de su primera mujer, de origen cubano. Intentó regresar a la cancha y terminó abandonando a los cincuenta años, gravemente lesionado, para trabajar como ebanista en Georgia y casarse por segunda vez.

Pero la adversidad todavía no había acabado con él. La primera esposa falleció de cáncer unos años después y su hijo Pablo fue acusado de un triple asesinato, el del dueño de un bar de alterne y el de dos camareras, en el 1995. En el 2000, un jurado de Florida lo condenó a morir en la silla eléctrica, a pesar de los esfuerzos paternos por demostrar su inocencia. «Incluso el abogado reconoció que su trabajo defendiéndolo no fue bueno», explicó a la prensa.

Pero volvamos a José Manuel Ibar. El mismo año que su hermano emigraba al continente americano, hacía sus pinitos en el cuadrilátero abriéndose paso en la categoría de los pesos pesados. Su pegada demoledora en conjunción con un físico a prueba de bomba lo convirtió en el primer púgil español en ganar un millón

83. Disponible en: *https://as.com/masdeporte/2019/01/20/polideportivo/1548014907_025448.html*

de las antiguas pesetas por participar en un combate. Hasta 1977, momento en que abandonó el *ring*, disputó sesenta y ocho combates con cincuenta y tres victorias, once derrotas y cuatro empates, obteniendo por triplicado el campeonato español en su categoría pesada y una en la europea.

Una vez retirado, el «Morrosko de Cestona» (su principal apodo) quiso dedicarse a los negocios abriendo un restaurante y una cafetería con uno de sus hermanos. En ese instante, la maldición familiar se cebó con fría crudeza contra el excampeón, que terminó arruinado. Las deudas y el acoso de los acreedores provocaron que se suicidara arrojándose desde el décimo piso del número 57 de la calle Fermín Caballero (Madrid). Hay que reiterar, siendo honestos con la realidad, que aparte de los casos citados, el resto de sus parientes no han experimentado los efectos del supuesto maleficio.

«La última caída de Urtain no sobrevino por una mano mágica, sino por el recibo del alquiler. Lo tumbaron las deudas», escribía un cronista del diario *La Razón* al conmemorar el 25 aniversario de su muerte.[84] Podría ser cierto, pero en el Euskadi rural, donde imperan las ancestrales *sorgiñak* y el Erentsube, las cosas se miran desde una perspectiva bien distinta.

84. Disponible en: *https://www.larazon.es/deportes/25-anos-del-suicidio-de-urtain-IG15648356/*

VI
Bateadores malditos

Otro deporte en el que la mala fortuna tiene una presencia destacada en sus libros de registros y anecdotarios es el béisbol. Sin alcanzar la estridencia de otros deportes, no cabe duda de que existen algunas anécdotas muy notorias pintorescas por su origen e imprevisibles por sus efectos posteriores. Cabría preguntarse si todo esto tiene algo que ver con la coincidencia en las fechas de dos citas ineludibles en el calendario de los norteamericanos: las festividades relacionadas con el Halloween y el inicio de las Series Mundiales de Béisbol.

Y es que las competiciones de béisbol resultan muchísimo más propensas que las de cualquier otro deporte a verse afectadas por las temidas maldiciones, a pesar de que, con los años, el entorno ha perdido buena parte del interés por estos temas.

Los aficionados japoneses y el pollo frito

Paradójicamente, la execración más famosa dentro de esta especialidad deportiva proviene de Japón: la maldición del pollo frito o la maldición del coronel Sanders. Cabría situar sus inicios en 1985, cuando los Tigers de Hanshin lograron su primer título de la Liga Nipona de Béisbol Profesional en el estadio de Osaka. Los hinchas del equipo, para festejar el triunfo cada vez que ganaban, mantenían la costumbre de lanzar a las aguas del cercano río Dotonbori a quienes tuvieran un parecido con los jugadores que más se habían destacado en los encuentros. En aquella jornada sobresalió especialmente el lanzador norteamericano Randy Bass.

El problema surgió cuando los aficionados no localizaron a nadie que se asemejara a dicho jugador. Pero, en su euforia bajo los efectos del alcohol, no dudaron en dirigirse hasta el establecimiento más cercano del Kentucky Fried Chicken (KFC), donde se mostraba una estatua del fundador de la esta cadena, el coronel Peter Harman Sanders. La semejanza física entre Bass y Sanders era mínima, exceptuando la poblada barba que ambos lucían, lo cual sirvió de excusa para desprender de su pedestal la efigie del segundo, trasladándolo hasta el puente de Ebisubashi, desde donde lo arrojaron de cabeza al río.

Llegados a este punto, quizás convendría aclarar que, desde 1974, la cadena KFC obtuvo un gran éxito y popularidad en el país del sol naciente. Como medida promocional, en cada local inaugurado se colocó una réplica de la estatua original del coronel Sanders, a tamaño natural, convirtiéndose en un icono local para los nipones. Tanto agradó la receta que muchísimos clientes acabaron por cenar en cualquiera de los restaurantes el día de Nochebuena, convirtiéndose en una tradición adquirida que los inversores recibieron con sumo agrado.

Aunque Sanders padre había fallecido cinco años atrás, su hijo y presidente de la franquicia, sin embargo, recibió aquel gesto enfervorizado como una grave ofensa. Obligado en 1964 a vender participaciones de la empresa a un grupo de inversores —capitaneado por Coca-Cola—, vio con disgusto las alteraciones que experimentó la receta original del pollo frito primero, para luego recelar de su exportación a terceros países, entre ellos Japón. El incidente del río Dotonbori supuso la gota que colmó el vaso, lo que lo llevó a quejarse ante el consejo de administración y, más tarde, ante las autoridades japonesas.

A partir de aquel momento, empezó a hablarse sin un fundamento claro de la maldición del pollo frito. El rastreo inicial del río no permitió recuperar la efigie, añadiendo tintes misteriosos a la trama, al mismo tiempo que el otrora referido Randy Bass anunció que dejaba el equipo y que regresaba a los EE. UU: tras detectarse en su hijo una rara enfermedad incurable en Japón, para mayor pasmo de los aficionados. A resultas de aquella decisión, uno de los principales ejecutivos de los Tigers de Hanshin, profundamente deprimido, se suicidó arrojándose desde un décimo piso.

La mala suerte del club se concretó de manera específica en los pobres resultados obtenidos desde aquel año triunfal. Miles de aficionados empezaron a creer que, desde el más allá, el coronel Sanders les había lanzado una maldición.[85] Los Tigers no alcanzaron los *playoff* en diecisiete temporadas consecutivas, y desde entonces únicamente han llegado a disputar una final, en el 2014, de la que salieron derrotados. Hizo falta esperarse hasta el 2023 para que se rompiese tanta desdicha, cuando vencieron a los Buffaloes de Osaka gracias a la decisiva intervención del bateador Sheldon Neuse, también norteamericano.

Si bien la estatua perdida apareció el 10 de marzo del 2009 durante unas operaciones de dragado, no regresó al restaurante de Osaka donde se sustrajo. El local, aquejado por una serie de incendios fortuitos y problemas de mantenimiento, había cerrado años antes. Aparte de esto, a la efigie —en bastante mal estado— le faltaba la mano izquierda y las gafas, y así la trasladaron los delegados de KFC a la cercana población de Nishinomiya, muy próxima al estadio donde entrenan los Tigers. Huelga añadir que se convirtió de nuevo en un reclamo turístico.

En la actualidad, cuando se da la circunstancia de que este equipo gana una partido importante, la totalidad de establecimientos de la franquicia acostumbran a retirar la estatua del coronel ante los temores de que la historia se repita. La propia policía local también refuerza sus efectivos de patrulla, si bien se «permite» que los aficionados lancen huesos de pollo a los jugadores del equipo rival, un material fungible procedente de las cadenas de la competencia. «No queremos que el Kuromasu Sansau (coronel Sanders, en japonés) geste otra maldición en nuestra contra».[86]

85. Hay constancia estadística de que, desde aquel 16 de octubre de 1985, este equipo consiguió varios triunfos, aunque no en los torneos importantes.

86. Disponible en: *https://es-us.noticias.yahoo.com/leyenda-urbana-sobre-maldicion-coronel-sanders-kfc-japon-080037254.html?guccounter=1&guce_referrer=aHR0cHM6Ly93d3cuZ29vZ2xlLmNvbS8&guce_referrer_sig=AQAAADngwBU4sHLMJGedlKEs1vS4ND-WW5pHohjzr57mc7dMSs4O-afdxe3qJX18l0uGDth9QapIYCIRPjQoNKmOMWFAWJSQoRDHDJKJb3ywbGxhTLuNFT9c9Zr-v90Ok15SSjgTVyjj9spdAmMAgcFDFJMh-EiDeMccBbc4hLGvomWat0*

LA CABRA QUE MALDIJO A UN EQUIPO DE CHICAGO

No menos burlona, la maldición de la cabra también dio mucho de qué hablar. Corría el año 1945 e iba a disputarse en el Wrigley Field el cuarto encuentro de la serie por el campeonato que los Chicago Cubs jugarían como locales. Fue entonces cuando se presentó en las taquillas un tal William Sianis, tabernero de profesión y gran admirador del equipo. El tipo no iba solo, sino que acudió al estadio acompañado de su mascota: una cabra montesa llamada Murphy. Según se supo tiempo después, se la trajo para dar suerte a los jugadores con la esperanza de que ganaran el partido. El fétido olor del animal motivó que le impidieran la entrada, una decisión que enfureció al señor Sianis. Sin Murphy, él tampoco entraría para ver el partido, desatendiendo los criterios que le explicaban los administradores. A grito pelado, abandonó el recinto afirmando que, a partir de aquel momento, los Cubs no ganarían jamás ningún campeonato, torneo o similar.

Y lo cierto es que hasta el otoño de 2016, la franquicia se vio incapaz de ganar las Series Mundiales, para burla de sus adversarios, quienes les recordaban continuamente el episodio de la cabra.

Tan duradera y animalesca *maledictio* se rompió lejos del Wrigley Field. Fue en el estadio de los Cleveland Indians, donde el talento de deportistas como Anthony Rizzo o Kris Bryant logró imponerse a la imprecación que tantas décadas antes había lanzado William Sianis. Con la serie empatada 3 a 3, los aficionados de los Cubs empezaban a temerse lo peor. El partido decisivo se disputaba fuera de casa, bajo un aguacero y con el peso de la historia sobre los hombros de sus jugadores. Sin embargo, la noche del 3 de noviembre de 2016 se rompió la maldición de la cabra cuando, tras lograr un ajustado 7 a 8, la franquicia del norte de Chicago se proclamaba campeona de la liga norteamericana por primera vez en más de setenta años.

William Sianis falleció el 22 de octubre de 1970 en el Hotel Saint Claire, legando el negocio familiar —un pub llamado justamente The Billy Goat Tavern (La Taberna de la Cabra Billy)— a sus herederos.

TERRIBLE MUDANZA

Más melodramática, la maldición del capitán Eddie, luego conocida como la maldición de Coogan's Bluff, también supuso un enojoso lastre para los Giants de San Francisco que, para cuando sucedieron estos hechos que vamos a narrar, todavía eran los Giants de Nueva York. Ese cambio de sede fue el origen de esta historia, pero vayamos por partes.

Eddie Grant era un lanzador que gozaba de cierta popularidad cuando decidió alistarse en el ejército, tras la entrada de los EE. UU. en la Primera Guerra Mundial. Grant alcanzó la graduación de capitán en el 77ª Regimiento de infantería, y pereció poco después, en la primavera de 1918, durante la ofensiva del Somme (Francia), para desesperación de sus seguidores. Él y otros siete jugadores de las Grandes Ligas —curiosamente, todos ellos *pitchers*— sufrieron un destino similar. La gerencia del equipo quiso homenajear al jugador caído con una placa conmemorativa, colocada cerca del estadio en el jardín central del Polo Ground, un terreno que el vecindario conocía como Coogan's Bluff a causa de su propietario, el inversor James Coogan.

A finales de los años cincuenta, el propietario del equipo, Horace Stoneham, se vio en la necesidad de reubicarlo por razones financieras y decidió llevárselo a San Francisco. El cambio de ciudad provocó la ira de los hinchas, quienes irrumpieron en el Coogan's Bluff durante el último partido del equipo antes de hacer las maletas, llevándose la famosa placa. Los Giants perdieron estrepitosamente aquel encuentro, para enterarse acto seguido de que los mismos aficionados neoyorquinos les habían lanzado un maleficio: jamás levantarían cabeza hasta que no regresaran a Nueva York. Y fuese casualidad o no, lo cierto es que, desde entonces, solo aparecieron en tres ocasiones en las Series Mundiales, perdiendo siempre de manera imprevista en el juego decisivo y teniendo que ver cómo algunos de sus jugadores se lesionaban en los momentos más inoportunos.

A mediados del 2001, el historiador y escritor Mike Hanlon le propuso al propietario de los Giants, el empresario Peter Magowan, que restituyese la placa en el AT&T Park (hoy llamado Oracle Park) a fin de destruir la maldición. Los permisos municipales y varios problemas con el diseño impidieron su puesta a punto hasta que por fin se presentó en el 2008. En apenas dos años, lograron alzarse con su primer título desde que emigraron a San Francisco, repitiendo la gesta en el 2012 y el 2014.

OTRA VEZ EN CHICAGO

El temor a los encuentros amañados, paralelamente, degeneró en otra maldición, la de los *black sox* o medias negras. El origen se remonta a 1919, cuando recayó sobre los Chicago White Sox la acusación de perder ex profeso las Series Mundiales contra los Cincinnati Reds para así percibir el dinero de las apuestas. Ocho jugadores fueron castigados y expulsados de por vida de la competición profesional, lo que repercutió tanto en el rendimiento futuro del equipo —que hasta el 2005 no ganó una Serie Mundial— como en su reputación, ya que desde entonces fueron siempre observados con sospecha, como si en cualquier momento fuesen a volver a incurrir en el soborno u otras prácticas fraudulentas.

Ese proceso que condujo a la mala fama de los White Sox se inició con las pésimas condiciones laborales impuestas a la plantilla por el dueño del equipo, Charles Comiskey. Pese a que disponía de grandes jugadores, como Joe Jackson, Chuck Weaver o Eddie Cicotte, estos percibían un salario miserable e inferior al del promedio de la liga profesional, sin posibilidad de negociación. Peor todavía, la infamante cláusula de reserva impedía a los beisbolistas abandonar el equipo para buscar mejores condiciones, lo que casi constituía una forma de esclavitud encubierta.

El desencadenante final se generó cuando Eddie Cicotte había ganado veintinueve juegos y se disponía a completar el que sumaba treinta, cifra por la cual le debían pagar un bonus de diez mil dólares. Comiskey en absoluto quiso entregárselos, y ordenó al entrenador Kid Gleason que lo sentara en el banquillo a fin de evitar pagarle. Mientras mascullaba su decepción, con maldición incluida, el principal base de los White Sox, Chick Gandil, entraba en contacto con el mafioso apostador Arnold Rothstein, de quien recibió el encargo de perder contra los Cincinatti Reds a cambio de percibir una nada desdeñable cantidad.

El desengaño de Cicotte, unido a las pifias interesadas de Gandil y el bajísimo rendimiento general, provocó que los Reds se alzaran con el trofeo de campeón, sorprendiendo a propios y extraños. Las sospechas apenas tardaron en hacerse evidentes, por lo que se creó una comisión que hizo salir a la luz aquellas triquiñuelas. Lejos de resolver la disputa, el equipo quedó marcado con el estigma de la corrupción para la posteridad, ganándose de paso una pésima reputación como maldito.

Aquel escándalo tuvo como consecuencia inmediata la pérdida de confianza en la institución por parte del público, así como la creación de una delegación especial cuya principal función consistía en evitar chanchullos como el antes aludido. Presidida por el juez federal K. M. Landis, favoreció que los jugadores tuvieran unas condiciones salariales más adecuadas, decisión que tampoco acabó de agradar a los patrocinadores. Pero más importante aún que modernizar el reglamento y las condiciones laborales de los atletas, destruyó de rebote otra maldición secular en este deporte: el hechizo de la pelota muerta.

En béisbol se entiende por «pelota muerta» el lanzamiento de este objeto hacia el exterior del campo, por ejemplo, hacia las gradas. El desarrollo del juego se suspendía hasta que era recuperada. A nivel histórico, entre los años 1900 y 1920 se solía gastar lo mínimo indispensable en las pelotas empleadas durante cada partido. Cada una valía el equivalente a unos setenta dólares de la actualidad, por lo cual los dueños de cada equipo animaban a bateadores y lanzadores a usar la mínima cantidad posible, y, si la pelota era bateada a la grada, se trataba de recuperarla por todos los medios.

El problema radicaba en que las propiedades aerodinámicas de la pelota iban perdiéndose conforme el bateador la golpeaba y caía sobre el terreno. Tampoco era inusual que acabara sucia de barro, sudor e incluso del tabaco que mascaba el lanzador (lo que en el argot de este deporte se conoce como «bola ensalivada»), con lo que su perímetro se deformaba paulatinamente hasta volverse ingobernable. De ese modo, ni el lanzador tenía la seguridad de que su tiro alcanzase a la base contraria, ni mucho menos de que el bateador supiera hacia qué dirección volaría la bola una vez golpeada, creciendo así la sensación de inseguridad.

La muerte del jugador Ray Chapman a resultas de un pelotazo recibido en la cabeza por un lanzamiento fallido el 6 de agosto de 1920, tras cuatro incidentes similares en las dos temporadas anteriores, cambió el panorama. El propio juez Landis encabezó una investigación, tras la que se dictaminó un nuevo cambio de los reglamentos: si los jueces detectaban pelotas con señales de deformación, debían sustituirse inmediatamente para alivio de los beisbolistas. Con aquella medida, el juego ganó en carácter ofensivo y se volvió más dinámico.

Y, para el final, nos dejábamos en el tintero los nefastos efectos que deparó una decisión consideraba como el peor desatino en la historia de tan disputado deporte: la maldición del Bambino. Este episodio tiene como protagonizada a los Boston Red Sox. Hasta 1918, este equipo habría logrado ganar cinco campeonatos, siendo un factor de su éxito la presencia en el terreno de juego del lanzador George Herman *Babe* Ruth, una de las primeras estrellas mediáticas de este deporte. La prensa se refería a él como El Bambino de Oro, cuando no como el «Sultán del Batazo» por la potencia de sus lanzamientos.

Gracias a sus aptitudes para efectuar jugadas exitosas —acordes con su ego superlativo, comparable al de algunas actuales estrellas del balompié—, *Babe* Ruth condujo a su equipo a la victoria en no pocas ocasiones. De ahí que los preparadores le «perdonaran» que acudiese tarde a los entrenamientos del equipo cuando le viniese en gana, amén de concederle un aumento salarial en 1918, de veintisiete mil dólares, y un contrato fijo de tres años. A pesar de tales incentivos, cabe advertir que esa temporada no se obtuvieron los resultados esperados en la competición, ya que el conjunto acabó en el sexto puesto de la clasificación.

Para la temporada siguiente, Ruth exigió un nuevo aumento de salario en cuanto la infame «cláusula de reserva» quedó derogada. Por desgracia, la gerencia de los Red Sox pasaba por un mal momento económico y desestimando su petición, y un club rival, los New York Yankees, aprovechó para proponerle una oferta sobre la mesa: recibiría cien mil dólares si fichaba con ellos. El Bambino no se lo pensó dos veces ante aquella cantidad inaudita —para un beisbolista de principios de siglo— y aceptó la propuesta, abandonando a la formación de Boston. En 1923 obtuvo su primer título con el nuevo equipo.

Por el contrario, los Red Sox estaban de capa caída, temporada tras temporada. Únicamente en cuatro ocasiones optaron al campeonato entre 1946 y 1986 para perder en la gran final. Fue el momento en que cobraron fuerza los rumores de que eran víctimas de un hechizo, o una maldición. Los niveles de superstición entre los hinchas se elevaron en consonancia, lo que los llevó a buscar objetos antaño pertenecientes a Ruth (fallecido en 1948) e incluso a convocar a chamanes para hacer «limpias» en el estadio donde jugaban, por no mencionar las múltiples consultas al respecto que recibieron médiums y espiritistas. Nada funcionó.

Sorpresivamente, los Red Sox y los Yankees se vieron las caras en la final del 2004, a la que los segundos llegaban con veintiséis campeonatos ganados —cuatro de ellos con Ruth al frente— y jugando en su propio estadio el partido definitivo. Los de Boston se alzaron con el título después de un partido épico, cortando una racha de sequía que había durado ochenta y seis años. Poco después, revalidaron su triunfo derrotando a los Saint Louis Cardinals por un resultado contundente. «*Bye, bye, Bambino*!», gritaron los aficionados al finalizar el encuentro.

VII
Arquitectura maldita

Billy Penn y los rascacielos de Filadelfia

Entre 1987 y 2008 la maldición de Billy Penn[87] ha sido la excusa mediante la que se ha tratado de justificar el declive de los grandes equipos deportivos en Filadelfia, quienes no lograban ganar campeonatos desde que se construyó el rascacielos One Liberty Place en 1987.

Este edificio superaba la altura de la estatua de William Penn en la cima del ayuntamiento de Filadelfia. ¿Y por qué tiene importancia este dato? Pues porque antes de la construcción del One Liberty Place existía un pacto de caballeros en la ciudad que impedía la aprobación de edificios que superaran la estatua de William Penn. Muchos de los habitantes de la ciudad, especialmente los aficionados al deporte, empezaron a considerar que haber roto esa tradición arquitectónica había traído el mal fario a sus equipos, que durante algo más de dos décadas no lograron imponerse en ninguna de las ligas profesionales.

La maldición en este caso se rompió el 29 de octubre de 2008, cuando los Philadelphia Philies ganaron las Series Mundiales de Béisbol. Curiosamente, esta victoria llegó dieciséis meses después de que una estatuilla de la figura de William Penn fuera colocada en la viga final durante la finalización, en junio de 2007, del Comcast Center, el nuevo edificio más alto de Filadelfia y el decimonoveno de Estados

87. William Penn fue un cuáquero inglés fundador de la colonia de Pennsylvania.

Unidos. Así, por fin de nuevo, la figura de William Penn se convertía en el punto más alto de la ciudad.

Hasta ese instante y desde la inauguración del One Liberty Place, las franquicias deportivas de la ciudad experimentaron toda una ristra de fracasos en la búsqueda de triunfar en algún campeonato. Los Flyers perdieron las finales de la Copa Stanley en 1987 ante los Edmonton Oilers, y en 1997 frente a los Detroit Red Wings. Los Philies ganaron la Serie de Campeonato de la Liga Nacional en 1993, pero perdieron la Serie Mundial ante los Toronto Blue Jays. Los 76ers cayeron en las Finales de la NBA de 2001 ante los Lakers, y los Eagles sufrieron derrotas consecutivas en el Campeonato de la NFC de 2001 a 2003 antes de perder el Super Bowl XXXIX ante los New England Patriots.

Ya con la lección aprendida, cuando el 27 de noviembre de 2017 concluyeron las obras del nuevo edificio más alto de Filadelfia, el Comcast Technology Center, los herreros colocaron una nueva figura de William Penn sobre la viga más alta del edificio con la esperanza, una vez más, de evitar la maldición. Solo tres meses después, el 4 de febrero de 2018, los Philadelphia Eagles se cobraron su revancha con los New England Patriots, a los que vencieron en el Super Bowl LII 41-33 para ganar su primer Super Bowl en la historia del equipo y su primer trofeo desde el Campeonato de la NFL de 1960. Una victoria que refuerza, aún más, el convencimiento de que, si Billy Penn manda en las alturas, el deporte en Filadelfia también estará en lo más alto.

AQUÍ HAY GATO... ENTERRADO

Pero si unos miran a las alturas, otros escarban bajo tierra. El 25 de marzo de 1903 nació el Racing Club de Avellaneda, en el sur de Buenos Aires. Su afición, habiendo ganado todos los torneos como *amateur* de 1913 a 1919, lo consolidó como uno de los grandes equipos del fútbol argentino.

Durante las décadas de 1950 y 1960, el club vivió un momento de esplendor deportivo, alcanzando, por ejemplo, el hito de permanecer invicto durante treinta y nueve partidos bajo la dirección de Juan José Pizzutti, racha que fue cortada por una derrota contra River Plate en el

Monumental. Al año siguiente, el club se consagró con la Copa Libertadores y la Copa Intercontinental, ambas por primera vez en su historia.

Cuenta la leyenda que este logro enfureció a los aficionados de su archienemigo, Independiente, hasta el punto de que un grupo de hinchas enterró siete gatos muertos debajo de una de las porterías del terreno de juego del victorioso Racing. Desde ese momento, la suerte del club de Avellaneda tomó un giro inesperado.

En diciembre de 1967, el Torneo Nacional contó con un clásico de Avellaneda, donde Independiente se alzó con la victoria. Los años posteriores fueron de gran éxito para Independiente, mientras que Racing entró en una sequía prolongada.

En 1980, con la intención de revertir la situación y después de que la historia hubiese circulado ampliamente, el director técnico Toto Lorenzo intentó desenterrar los gatos enterrados, pero solo encontró seis, cuando se hablaba de siete cuerpos. Luego, mandó enterrar seis sapos para atraer la buena suerte. Pero los resultados positivos no llegaban. En 1983, tras una derrota ante el Racing de Córdoba, el Racing de Avellaneda descendió a la segunda división por primera y única vez en su historia, con el dolor añadido para sus aficionados de tener que ver cómo Independiente se coronaba campeón.

A pesar de lograr su rápida vuelta a primera división en 1985, Racing continuó sin destacar en la máxima categoría del fútbol argentino. Incluso se dice que en 1998 se realizó un exorcismo en el estadio que no logró revertir la mala racha.

Fue ya en 2001 cuando Racing logró cambiar su destino y romper la maldición. Bajo la dirección de Mostaza Merlo y tras una concienzuda búsqueda, apareció el séptimo gato enterrado. En diciembre de ese mismo año, Racing se consagró campeón del Torneo Apertura tras treinta y cinco años de sequía. ¿Casualidad?

¿Y SI SOLO HUBIESE QUE CAMBIARLE EL NOMBRE AL ESTADIO?

En el país vecino, la maldición se cebaba con el Estadio Nacional Julio Martínez Grádanos, donde ningún equipo local, incluida la selección chilena, lograba alcanzar la victoria en los encuentros realmente decisivos. Curiosamente, esta maldición no afectó a las eliminatorias mundialistas, en las que sí se lograron importantes victorias en los procesos de España 1982, Francia 1998, Sudáfrica 2010 y Brasil 2014.

Todo había empezado en el verano de 1941, durante el campeonato sudamericano disputado en Chile. La selección chilena venció a Ecuador y posteriormente a Perú. Sin embargo, en los encuentros decisivos cayó, como era común en aquel tiempo, ante Uruguay y Argentina. De hecho, en el último enfrentamiento contra la albiceleste, cuando parecía que el encuentro terminaría 0-0, una fortuita jugada de los argentinos permitió a *Chueco* García marcar el gol que les daba la victoria.

En 1945, durante otro campeonato sudamericano disputado en Chile, la maldición volvió a hacer de las suyas. Chile tuvo un torneo memorable, derrotando a Ecuador, Bolivia, Colombia y Uruguay. Luego, tuvo a Argentina casi vencida, pero un inalcanzable remate de Méndez desnudó al portero chileno Sergio Livingstone, reflejando el 1 a 1 definitivo. Sin embargo, el golpe definitivo llegaría en el último partido contra Brasil, donde un gol de Heleno sepultó todas las esperanzas chilenas.

La fatídica serie continuó en 1952 con motivo del Torneo Panamericano. En esta ocasión, la selección chilena realizó un impecable campeonato venciendo a Panamá, México, Perú y Uruguay. Sin embargo, terminó siendo derrotada nuevamente por Brasil en un doloroso 3 a 0.

Tres años después, en una nueva versión chilena de los campeonatos sudamericanos, La Roja derrotó a Ecuador, Perú y Paraguay, y empató contra Uruguay. En el último y decisivo enfrentamiento contra Argentina, cuando el título estaba al alcance de la mano, Chile mostró un nivel inferior al acostumbrado, malogrando también claras oportunidades de gol. Micheli, por parte de Argentina, sentenció el encuentro para llevarse, una vez más, el primer puesto.

A pesar de que, como dijimos anteriormente, dejábamos de lado las competiciones mundiales, cabe destacar un partido que ha pasado a la historia de Chile: la semifinal del Mundial 1962, que se disputó justamente en el país. En esta cita, La Roja firmó su mejor desempeño histórico, logrando un meritorio tercer lugar al vencer a Yugoslavia en el partido de consolación. La selección chilena se enfrentó en semifinales a Brasil, en lo que se consideró como una final anticipada de aquel campeonato. Fue un partido reñido, pero, como siempre, la fortuna estuvo del lado del rival. Primero en la apertura del marcador para los brasileños (rebote que dejó a un jugador solo); luego en tiros al palo, que evitaron los goles chilenos; y finalmente, en la escasa actuación del portero chileno Escuti, quien fue responsable de al menos dos de los cuatro goles brasileños.

¿Y los clubes? A principios de la década de los sesenta comenzó a disputarse la Copa Libertadores. Desde la década de 1970, los equipos chilenos tuvieron destacadas participaciones en el certamen. Colo Colo (1973) y Unión Española (1975) llegaron a disputar la final (perdiendo en ambas ocasiones con Independiente de Avellaneda, pero fuera de Chile). A principios de la década de los ochenta, el equipo chileno Cobreloa accedió a dos finales consecutivas de la Libertadores. La primera la perdió en el tercer partido de desempate contra el Flamengo y la segunda cayó ante el Peñarol de Montevideo. El desenlace de este último enfrentamiento tuvo lugar el 30 de noviembre de 1982 en un repleto Estadio Nacional con miles de fanáticos alentando al equipo. A pesar de un valioso empate a cero en el partido de ida, jugado en Montevideo, la suerte, una vez más, no estuvo del lado del equipo chileno. Peñarol anotó el gol que le daba la victoria en el último minuto, sumiendo en decepción y tristeza tanto a los jugadores como al público. Este partido sigue siendo recordado como el más fatídico en la historia del equipo.

En 1991, la Copa América volvió a jugarse en Chile. A pesar de un buen juego, el equipo chileno no logró alcanzar la victoria en el torneo, sufriendo episodios tan desafortunados como un penalti fallado y la expulsión de uno de sus jugadores clave. Dos años más tarde, Universidad Católica llegó a la final de la Copa Libertadores, pero recibió una abultada derrota en el partido de ida contra Sao Paulo. A pesar de un prometedor comienzo en el partido de vuelta, la maldición del Nacional se hizo presente nuevamente, frustrando las aspiraciones del equipo chileno y permitiendo que el título fuera a parar una vez más fuera de Chile.

El 13 de diciembre de 2006, el inolvidable Colo Colo de Claudio Borghi llegó a la final de la Copa Sudamericana contra el mexicano Pachuca. En el partido de ida, los albos consiguieron un empate 1 a 1 y se prepararon para la vuelta. El partido debía jugarse en el Estadio Monumental, pero, finalmente, se decidió un cambio de sede en favor de El Nacional de Ñuñoa. Muchos consideraron esto como una mala señal.

El encuentro comenzó bien para el cacique, ya que a los treinta y cinco minutos del primer tiempo, Humberto Suazo anotó el primer tanto. Se esperaba que, a partir de ese momento, los albos asegurarían el partido con su poderoso ataque liderado por un joven Alexis Sánchez, Matías Fernández y el propio Suazo, apoyados por un defensor con inclinación ofensiva, Arturo Vidal. Sin embargo, el campeón chileno se relajó y Caballero igualó el marcador 1-1. Este tanto paralizó a Colo Colo, facilitando el avance del Pachuca. En otro rápido contragolpe, Jiménez anotó el gol definitivo con un potente disparo cruzado. La decepción fue terrible para los seguidores de Colo Colo, quienes afirmaban que habrían ganado si el partido se hubiera disputado en el Monumental.

Sin embargo, esta maldición llegó a su fin en octubre de 2008, cuando la selección chilena venció a Argentina por primera vez en partidos oficiales. Pero ¿saben qué? Cuando se disputó ese partido, el estadio había cambiado de nombre por el actual Julio Martínez Prádanos.[88]

La Universidad de Chile, en 2011, también ganó la final de la Copa Sudamericana por 3 a 0 contra la Liga Deportiva de Quito en el renombrado estadio nacional. En 2015, La Roja también logró coronarse campeona de la Copa América al vencer a Argentina en Ñuñoa. Estos triunfos enterraron para siempre la maldición del Nacional.

88. En honor a Julio Martínez Prádanos (1923-2008), un aclamado periodista deportivo chileno.

VIII
BÉLA GUTTMAN
Y LA MALDICIÓN MÁS FAMOSA DEL FÚTBOL

Si hay una maldición en el mundo del fútbol conocida por los aficionados y que con el tiempo ha ido alimentándose de manera extraordinaria, sin duda es la maldición de Béla Guttman.

Guttman nació en Budapest, en agosto de 1899, en lo que entonces era el Imperio austrohúngaro. Como jugador fue un centrocampista más bien discreto. Fue en cuatro ocasiones internacional con Hungría y marcó un gol en esa corta internacionalidad. Como curiosidad en esa carrera futbolística, Guttman jugó en Estados Unidos desde 1926 hasta 1932, año en el que se retiró en el Hakoah All Stars, un club de Nueva York, que, por cierto, solo duró tres temporadas en la liga americana y desapareció el mismo año en el que Béla Guttman se retiró. Durante el genocidio de los judíos en Hungría en 1944, Guttman se refugió en un apartamento perteneciente a su cuñado en Újpest. Posteriormente, fue enviado a un campo de trabajos forzados. Y justo cuando iba a ser trasladado a Auschwitz junto con Ernest Erbstein, otro famoso entrenador judío húngaro, logró escapar. Tanto su padre como su hermana fueron asesinados en el terrible campo de exterminio.

Fue como entrenador que Béla Guttman alcanzó notoriedad internacional. Tuvo una carrera de más de cuarenta años entrenando a más de veinticinco equipos. Quilmes, Sao Paolo, Milán, Peñarol, Porto, la selección austriaca, la selección portuguesa y, sobre todo, al equipo al que estamos dedicándole un capitulo: el Benfica portugués.

Para entender su importancia como entrenador en la historia del fútbol tan solo tenemos que repasar varios detalles de su currículo: campeón de la copa de Europa con el Benfica en los años 1961 y 1962, además de ganador de ligas nacionales con diferentes clubes en los campeonatos portugués, uruguayo, brasileño y húngaro. Además es el único entrenador que ha estado en las finales de la Copa de Europa y la Copa Libertadores en toda la historia. La revista *World Soccer* lo incluyó dentro del *top 10* de mejores entrenadores de la historia hasta el año 2013.

Como ha quedado claro en el párrafo anterior, su mejor momento lo vivió en el banquillo del Benfica durante el inicio de la década de los sesenta. Un equipo único y que aún hoy en día es recordado. Pero lo que ha sucedido desde aquella época hasta la fecha ha tenido tal impacto que son pocos los que no han oído hablar de la maldición de Béla Guttman y *su* Benfica.

Para valorar lo que significó el Benfica de Béla Guttman, nada mejor que compararlo con las escuadras con las que tuvo que competir durante esos años: el FC Barcelona de Kubala y Kocsis o el Real Madrid de Di Stéfano y Puskas. Con el gran Eusebio y Coluna liderando a los portugueses, estos se alzaron con dos Copas de Europa que los harían pasar a la historia del fútbol. Fue en 1962, al ganar esa segunda Copa de Europa, cuando el bueno de Béla exigió al presidente del club portugués un aumento de sueldo. Se dice que la discusión, al negársele el aumento, fue de tal calibre que el dirigente de las águilas, Antonio Carlos Cabral, decidió su despido de manera fulminante.

«En cien años desde hoy, el Benfica, sin mí, no ganará una copa europea».[89] Así decía adiós Guttman. Una salida sin marcha atrás, ya que nunca volvería al club, y que pareció sellar el destino del club lisboeta en competiciones internacionales. A partir de ese momento, su pronóstico se convirtió en un auténtico karma para el conjunto lusitano: perdió nada más y nada menos que cinco finales en la Copa de Europa o Champions League y tres en la UEFA o Europa League.

89. Bolchover, David, *Béla Guttmann: De Sobrevivente do Holocausto a Glória do Benfica*, Ed. Oficina do libro, Alfragide, 2018. Esta es la frase exacta que la mayoría de expertos afirman que pronunció.

De hecho, tan solo un año después de que se pronunciase la maldición, en 1963, el Benfica perdió el título ante el Milan; y luego cayó en la misma instancia frente al Inter de Milán (1965) y ante el Manchester United (1968). Y así hasta un total de ocho finales europeas.

Lo increíble de esta curiosa maldición es que también afectaba a los equipos de categorías inferiores del club que, cuando competían en torneos internacionales, tampoco eran capaces de consumar algún título. Por ello, cuando en 2022 el equipo juvenil logró ganar en la final de la Youth League al conjunto del Salzburgo, y nada menos que por 6 a 0, después de tres finales perdidas, muchos alegaron que la maldición de Bela Guttman se había acabado.

Sesenta años después, para los menos puristas la maldición se ha esfumado, pero si somos fieles a lo que quiso decir Guttman, solo hasta que el primer equipo del Benfica gane una competición europea, nosotros al menos, no levantaremos la maldición más famosa del fútbol.

Epílogo

¡Maldición, por fin el fin!

Como el tiempo apremia y, maldita sea, no quiero terminar un libro en martes y 13, que asoma la semana que viene, decido aquí y ahora concluir este paseo por el mundo de las maldiciones y supersticiones que envuelven al mundo del deporte. Las leyendas, las historias auténticas o, incluso, los excesos de algún periodista necesitado de exclusivas, completan un combinado muy atractivo.

Solo aspiro a que hayan pasado un rato agradable leyendo algunas curiosidades y aprendiendo sobre las creencias y las formas en que el ser humano, en toda su dimensión, tiende a buscar el éxito propio y el mal ajeno.

Adiós gracias, que no «a Dios», no sea que una maldición divina caiga sobre mi estampa.

En Sitges, un martes 6 de febrero, contemplando la puesta de sol desde Terramar mientras un camarero maldice en voz baja por tener que aguantar durante horas a un señor tecleando en un ordenador portátil palabras sin sentido, apurando lo que queda de un gin-tonic malditamente delicioso.